嘘と詐欺《ペテン》と異能学園 2

Lies, fraud, and psychic ability school

野宮有
Illustration kakao
Design 近藤ひろ（草野剛デザイン事務所）

ジン・キリハラ
無能力者にもかかわらず、勝利を重ねている天才詐欺師。ニーナと手を組み、学園の頂点を目指す。
「ニーナ。これから俺たちが挑むのは、
最高難度の信用詐欺だ。ターゲットは二匹の怪物。
……正直俺も、ここまで難しい仕事はやったことがない」

「勝算はあるの？」
「もちろん」
ニーナ・スティングレイ
周囲に恐ろしい異能力者と思われているが、それは全て演技で実はただの無能力者。とあるきっかけからジンと共犯関係に。

「せっかくサティアが創作紅茶を淹れてくれたんだぞ。まさか飲み干せないなんて言わないよな？」
サティア・ローデル
アシュビー家に勤めるメイドであり、カレンの唯一の親友。無表情で近寄りがたい印象。
カレン・アシュビー
入学試験免除の怪物。非常に好戦的な性格で、キャスパーを潰すためニーナに同盟を提案する。

「……誰かと思ったら
てめえかよ、ジン」
キャスパー・クロフォード
入学試験免除の怪物。絵に描いたようなチャラ男。カレンに攻撃されぬよう、ニーナと同盟を組もうとする。

勇気を振り絞るような口調で、ニーナは続ける。
「私が盛大に祝ってあげるから。ジン、覚悟しててね？」

「……まあ、その日まで生き残れてたら」
少しだけむず痒い感情を覚えて、ジンは頬を掻く。

Lies, fraud, and psychic ability school

CONTENTS

Design＝近藤ひろ（草野剛デザイン事務所）

嘘と詐欺《ペテン》と異能学園

2

野宮 有

Illustration
kakao

二〇年来の親友みたいなツラをして近付いてくる隣人を信用するな。
そいつは後ろ手に鋭利なナイフを隠し持っている。
そいつは頭の中で残酷な計算を組み立てている。
これが、私があの大悪党に騙《だま》されて得た教訓だよ。くそったれ。

——クリストファー・ツォン（元上院議員）

信用詐欺で二億エルを失った事件直後の、レイクス紙の取材にて

第一章　詐欺師たちの日常、休戦協定はきっと守られない――

Lies, fraud, and psychic ability school

「つまり、目下のターゲットはその二人というわけか」

棒付きの飴《あめ》が大量に入った紙袋を手渡しながら、売店の店主が呟《つぶや》いた。

昼休みはもうすぐ終わるので、近くに他の生徒の姿はない。だから、生徒たちに親しまれている無害な大男にはそぐわない、鋭い眼光を訝《いぶか》しまれる心配もなかった。

紙袋を受け取った彼女は、中身を確認しつつ答える。

「もちろん、彼らが〈羊飼いの犬〉の存在を知っている確証はまだありませんん」

「だが、そう推測するに至った理由があるのだろう」

「ええ、ボス。あの二人が学園を引《ひ》っ掻《か》き回《まわ》しているのには、何かしらの目的があるはずです」

「……ベネット・ロアーの件か」

彼女は神妙な表情で頷《うなず》く。

学年に六人しかいない入学試験免除組の一角であるベネット・ロアーが、入学からたった一ヶ月で陥落したニュースは学園に激震を走らせた。

〈火刑執行者《エグゼキューター》〉と呼ばれる強力無比な特異能力を持つベネットを倒したのは、同じく入学試験免除組であるニーナ・スティングレイと、ただの成績下位者と見られていたジン・キリハラの二名だ。

「彼らはなぜ、いきなりベネットのような実力者を狙ったのか。三年後まで生き残って〈白の騎士団〉の候補生になるのが目的なら、こんな性急なやり方は不自然です」

確かに、あの一件のおかげでニーナとジンの評判は一気に高まり、学園の生き残りレースの先頭集団に立ったと見る向きもある。だがそれは、ベネットと同格かそれ以上の怪物たちから狙われるリスクを高めることにも繋《つな》がってしまう。

「まだ何の根拠もありませんが、ひとまず最悪の想定をしましょう。……彼らは恐らく、ベネットを倒したという事実を撒《ま》き餌《え》にして、〈羊飼いの犬〉を誘《おび》き寄《よ》せようとしています」

「それは厄介だな」

「ええ、とても厄介です。彼らは今、近付いてくる者全員を疑うことができる」

「だが、お前は既に連中の懐《ふところ》に入り込んでいる。変に怪しまれる心配はあるまい」

これまでの一ヶ月で、彼女は学内における人脈を様々な方向に広めてきた。もちろん、同じクラスにいるニーナとジンとも友人関係を築いている。

これなら、計画に支障をきたす危険分子がいればすぐに気付くことができるだろう。自分ほどこの仕事に向いている人間はいないだろうと、つくづく思う。

「ところで、ジン・キリハラは特異能力を無効化できると聞いた。入学試験や能力測定の資料にある〈裏窓《スナッチ》〉は、心理系の特異能力だと記録されているようだが……」

「恐らく、そちらがフェイクなのでしょう。私も現場にいましたが、確かに彼はベネットの能力を無効化していました」

「もしそれが本当なら、奴《やつ》には学園の秘密に関わるだけの実力があることになる」

「どちらにせよ、危険人物なのは間違いありません」

次の授業が始まる時間が迫っている。

最後に、店主は彼女の意志を確認することにした。

「もしもニーナ・スティングレイとジン・キリハラが我々の障害になるとわかった場合……対処方法はわかってるな？」

「もちろんです、ボス。目障《めざわ》りな羽虫は、速やかに駆除してあげるだけ」

「……上出来だ。完璧な仕事を期待してるぞ」

運命の歯車を無理矢理動かし、ハイベルク校を混沌《こんとん》に呑《の》み込《こ》ませようとしている連中がいるなら、それは国家の敵と同義だ。微塵《みじん》の躊躇《ちゅうちょ》もなく、徹底的に叩《たた》き潰《つぶ》さなければならない。

売店の奥へと消えていく上司に目線のみで敬礼しつつ、彼女は心の中で唱えた。

——全ては、崇高な目的を達成するために。

ターゲットの一人を偶然見かけたのは、教室棟に戻る途中だった。

気怠《けだる》そうに歩く黒髪の少年の背中に、明るい声色で話しかける。その頃にはもう、彼女は天真爛漫《てんしんらんまん》ないいいいいいつものクラスメイトに戻っていた。

「あ、ジンくん！　急がないと遅刻しちゃうよ！」

「なんだよ、エマか」

ジン・キリハラは、夜の底と同じ色をした瞳を眩《まぶ》しそうに細めた。

「別にいーの。次の授業の教官、これまで一度も出欠を取ったことないし」

「もう、相変わらず適当だなあ。ニーナちゃんが聞いたら怒るよー？」

「なんであいつの名前が出てくるんだよ」

盛大な溜《た》め息《いき》を吐《つ》いてから、ジンは皮肉混じりの笑みを見せた。

「てか俺に合わせて歩いてるけど、時間大丈夫？」

「あーっ！　どうしよ、遅刻しちゃう！」

彼女は慌てて棒付きの飴《あめ》の包装を取って口に咥《くわ》えた。

身体能力を倍にする〈獰猛な甘味料《ブルーベリーナイツ》〉は一日に一回しか発動できないが、そうでもしないと間に合いそうもない。

「……エマ、今日は〈実技試験〉があるんじゃなかったっけ？」

「あああああっ！　しまったっ！」

頭を抱えて蹲《うずくま》ると、ジンが慰めとも皮肉とも取れる言葉をかけてきた。

愛嬌《あいきょう》があって、少し間が抜けていてる無害なクラスメイト。

今の彼女は、どこから見てもそうとしか映っていないはずだ。無害な仮面の裏側でターゲットの表情をつぶさに観察していることなど、きっとまだ誰も知らない。

◇

「え？　今日はもう特異能力が使えない⁉」

敷地《しきち》の外れにある煉瓦《れんが》造《づく》りの建物の前で、ニーナ・スティングレイは思わず声を上げた。

壮絶なポイントの奪い合いが繰り広げられるハイベルク校において、隔週末に実施される〈実技試験〉は貴重な実戦の場だ。

もちろんニーナは平均を大きく上回る一二五三点ものポイントを保有しているため、ここで敗北したところで退学処分となる成績下位の五名にまで転落することはない。とはいえ、圧倒的な実力者という評価を傷つけてしまうデメリットは計り知れないだろう。

だから、今回タッグを組むことになっているエマからの突然の告白に動揺せずにいることは難しかった。

試験会場に集まっている他の生徒に聞かれないように、ニーナは少し声を落とす。

「……あの、もう少し詳しくお聞きしても？」

「ごめんね、ニーナちゃん……。さっき授業に遅刻しそうになったときに、うっかり特異能力を使っちゃったんだ……」

「えっ、というか全然間に合ってませんでしたよね……？」

「うううううっ！　ごめんなさいっ！」

ニーナは頭を抱えて、己の不運を呪う。

特異能力を持たないニーナは、今回の〈実技試験〉を潜《くぐ》り抜《ぬ》けるためにエマの特異能力をかなり頼りにしていた。強者の演技を纏《まと》って対戦相手を威嚇するという常套《じょうとう》手段も、今回のルールにおいてはあまり有効ではないからだ。

もちろん共犯者のジンとともに策略は練ってあるが、失敗のリスクが高くなるのは避けられない。

目線だけで、少し離れた場所にいる共犯者《ジン》にメッセージを送る。

——ねえジン、作戦はこのまま決行するの!?

しかし、ジンは首を傾《かし》げて困ったような笑みを向けてくるだけ。

——ぜ、全然伝わってない……！

それでも思念を送り続けてみたが、ジンから返ってくるのは『了解』の手信号《ハンドサイン》だけ。

——な、何について了解したのっ……？

とはいえ、このまま絶望に浸っているわけにもいかない。

ニーナ・スティングレイは〈白の騎士団〉のメンバーを二人も輩出した名家の令嬢で、帝国中に悪名を轟《とどろ》かせる有名人で、入学試験を免除された圧倒的な実力者で、その上強力な特異能力者だったベネット・ロアーを倒した張本人なのだから。

「……まあ、別に問題はありませんよ」

いくら友人のエマが相手でも、焦《あせ》っている様子を見せるわけにはいかない。

「エマさんが本調子でないのなら、私が少し頑張ればいいだけの話ですから。今回は流石《さすが》に、五％くらいの力は出さなければとは思いますが」

「ご、五％で大丈夫なの⁉ 頼もしすぎるよ……！」

——しまった、調子に乗りすぎた！

後悔が頭をよぎったが、周囲の生徒たちが騒《ざわ》つき始《はじ》めたため思考が中断される。皆の視線の先を追うと、学年主任を務めるイザベラ教官が姿を現していた。

「よく集まったな、半人前のブタども」

美しい女教官の凍《い》てついた声が、辺り一帯に静寂を連れてくる。

「最近の貴様らはたるんでいる。ベネット・ロアーの一件ですっかり怯《おび》えてしまったのか、自主退学者が続出しているようだな。

いったいどういうつもりだ、ゴミ虫ども。貴様らは帝国の最高戦力である〈白の騎士団〉の候補生になりに来たんじゃないのか？　暴走した怪物に殺されるリスクくらい、喜んで受け入れるのが当然のはずだ。違うか？」

とんでもない空気を作り出したことを意にも介さず、イザベラ教官は今回の〈実技試験〉のルールを改めて説明した。

【実技試験〈ハイド・アンド・シーク〉】
◇ルールその一　旧校舎の内部で実施。建物の外に一歩でも出た者は反則負けとなる。
◇ルールその二　参加者は二人一組となり、時間をずらして計三組が建物の中に入っていく。
◇ルールその三　参加者はチームごとに色分けされた風船つきのヘルメットを被《かぶ》る。
◇ルールその四　最後まで風船を割られなかったチームが、ゲームの勝者となる。
◇ルールその五　特異能力による人体への直接攻撃は禁止とする。

「まだ気付いていない愚鈍なブタは流石にいないと思うが、三チームが立体的な戦場で入り乱れる〈ハイド・アンド・シーク〉では、素早い索敵と隠密《おんみつ》行動が求められる。力だけにかまけて脳を使うことができない間抜けにチャンスはないということだ」

それを聞いた生徒たちの反応は様々だ。

今回の試験内容は単純な戦闘ではないため、向き・不向きが明確に存在する。

ただ破壊に特化した特異能力者よりも、敵の死角から風船を狙ったり、身を隠すなどの搦《から》め手《て》を使える者の方が有利だろう。

「この試験への参加料《エントリーフィー》として、全員三〇ポイントずつ支払ってもらう。最後まで生き残ったチームがポイントを総取りだ。もちろん、二人組の片方が脱落していたとしても、獲得ポイントは問題なく二等分される」

「あ、あの！　参加料が三〇ポイントなんて高すぎます！　もうそんなに残ってな……」

「ではお前は退学処分だな。誰かそいつを連れて行け」

「はっ、はあああああああああ⁉」

たった一言で、彼の人生は大きく捻《ね》じ曲《ま》がってしまった。

教官たちに無理矢理引《ひ》き摺《ず》られていく少年を、生徒たちはただ見ているしかない。悲劇は悲劇として受け入れ、実用的な思考に切り替えるしかないのがこの学園の鉄則だ。

この〈実技試験〉を、どう戦うか。

ペアの片方が脱落しても問題ない――これを最初に聞いた時、ニーナは「ハイベルク校にしてはやけに良心的なルール」だと思った。

だが、悪意に敏感な共犯者の目は誤魔化せなかったようだ。

脳裏には、先日ジンが淡々と語った推測が蘇《よみがえ》る。

「別に良心的なルールじゃないよ。ただ単に、ゲームを成立させるには必要不可欠ってだけ」

「あっ、まさか裏切り防止のため……？」

「その通り。生き残った一人だけがポイントを総取りなんてことになったら、真面目にチーム戦をやろうなんて生徒は一人もいなくなるじゃん。この学園はそういう場所だろ？」

つくづく、この学園のシステムは残酷だとニーナは思う。

毎月最も所持ポイントが低かった五名が強制退学になるというルールがある以上、裏切りや騙《だま》し合《あ》いすらも平然と日常に組み込まれてしまう。

そしてニーナとジンは、そんな学園に壮大な詐欺《ペテン》を仕掛けているのだ。

――どう考えてもまともじゃない……。

今頃になって恐怖が芽生えてきたが、試験の開始時間はもう眼前に迫っていた。

カビの臭気が漂う旧校舎に、ニーナとエマは足を踏み入れる。

対戦する残りの二組はすでに建物に入っているので、既にどこかで待ち伏せされている可能性がある。ゲーム開始はイザベラ教官の合図があってからだが、警戒を怠るわけにはいかないだろう。

傷んだ床材が音を立てないよう慎重に歩いていると、エマが悪戯《いたずら》めいた笑みを向けてきた。ヘルメットから生えた赤い風船が、緊張感の欠片《かけら》もなく揺れている。

「そういえばさ、ニーナちゃんはなんで私と組もうとしてくれたの？」

「いつも一緒に授業を受けてますから、心強いと思って」

「へー。私てっきり、ニーナちゃんはジンくんと組みたいんだと思ってた」

「べ、別にそんなことないですけど……」

ジンとニーナが手を組んでいることは、もはや同学年のほとんどが知っている。変な誤解をしている生徒も多いようだが、ジンはその方が好都合だとして噂《うわさ》を否定せず放置していた。

それでも今回二人がバラバラに動いているのは、もちろん戦略的な理由がある。

ニーナは頭の中で計画を反芻《はんすう》して、今一度覚悟を固めた。

——大丈夫。私ならやれる。

エマが能力を使えないのは想定外だが、そんなことは諦める理由にはならない。

なぜならニーナも、世界を騙《だま》し通《とお》そうとしている大悪党の一人なのだから。

「……エマさん。どうやら、雑談する時間は終わったようですよ」

旧校舎の外から聴こえてくる笛の音が、〈実技試験〉の開始を告げた。

ここから先、二人はどの方向から奇襲を受けてもおかしくない。

対戦する四名はもちろん特異能力者なので、壁の裏に隠れていても安心はできないだろう。

「まずは相手を見つけなきゃだね！」

「……ああ、その必要はありませんよ」

ニーナは一気に怪物の演技へと没入していく。

「もう皆さん、私たちの周りに集まっているようですから」

凶悪な笑みを作って威嚇してみると、いくつかの方向から動揺を示す物音が聴こえた。

ジンが事前に予想した通り、残る二組が手を組んでニーナたちを狙っているのだろう。

「……驚いたな。どうして気付いた？」

恐怖を必死に押し隠しているような少年の声が、前方から聴こえてくる。

恐らく陽動役だろう。彼がこちらの気を引いている隙に、残りの三人がニーナの風船を狙うつもりだ。

「別に、特異能力なんかじゃありませんよ。捕食者の本能……とでも言いましょうか。あなたたちがどれだけ息を殺していても、美味《おい》しそうな気配がここまで漂ってきているんです」

「ハッタリだ……！」

「ところで、まだ襲い掛かってこないんですか？　退屈しちゃいますよ」

ニーナは胸元で赤い輝きを放つブローチに手を伸ばした。

彼女がブローチを外すと、それまで封印されていた強力すぎるサイコキネシスが解放され、周囲の全てを徹底的に破壊し尽くしてしまう――それは、ニーナとジンが作り上げた最初の嘘《うそ》だった。

「皆、一度引けっ！　こいつ、〈災禍の女王《メイルストロム》〉を発動しようとしてる！」

「嘘《うそ》でしょ⁉　直接攻撃禁止ってルールは……」

「この化け物には、三〇点のマイナスくらいどうでもいいんだ……！」

隠れていた生徒たちが一斉に逃げ出す音が聴こえる。

――問題はここからだ。

本来なら、身体能力が倍になったエマに逃亡者を追いかけてもらうつもりだった。

だがエマの天然っぷりが発動したせいで、一日一回の使用制限がある〈獰猛な甘味料《ブルーベリーナイツ》〉はもう使えない。

つまり、ニーナが圧倒的な演技力だけでどうにかしなければいけないということだ。

「このまま逃げ惑われると面倒ですね。……あっそうだ、良い手を思い付きました」

世界のルールを知らない幼子のように無邪気な声で、残酷なアイデアが語られる。

「私の能力で、旧校舎を更地にしてしまうというのはどうでしょう。たしか、教官の能力で旧校舎はいくらでも修復できるんでしたよね？　それに建物が崩壊しても、サイコキネシスを使える私だけは助かりますし。

まあ皆さんは普通に壊れてしまいますが、私としては別に構わないかなと思っています。結構爽快感もありそうですし、ルール違反にはならないですしね」

「に、ニーナちゃん？　顔が怖いよ……？」

大丈夫です、と目線だけで答えつつ、ニーナはトドメの一手を盤上に叩《たた》きつけた。

「圧死するのが嫌なら、早く投降することをおすすめいたしますが？」

その一言を合図に、旧校舎の上部から爆発音が聴こえた。

悲鳴を上げながら逃げ惑う生徒たちを追いつめるように、断続的な爆発が煉瓦《れんが》造《づく》りの外壁を少しずつ破砕していく。

青と緑の風船を頭に付けた対戦相手が全員降伏してくるまでには、一分もかからなかった。

「こ、降参しますから……命だけは……」

誰もが、「こんなの反則だ」とでも言いたげな表情を滲《にじ》ませていた。

彼らの不満も当然だろう。

人体への直接攻撃が禁止、単純な力よりも隠密性《おんみつせい》や索敵能力が重視される試験とあっては、自分にも強者を倒すチャンスがあると錯覚してしまうのは無理もない。

まさか、試験会場そのものを破壊しようと考える化け物がいるなんて、想像もしていなかったはずだ。

「ちょっと消化不良ですが、まあ仕方ないですね」

最後に無邪気な笑みを浮かべて、ニーナは宣告した。

「では皆さん。せーのの合図で、ご自分の風船を割っていただけますか？」

赤い風船を頭に付けたニーナとエマが旧校舎から出てくるのを、ジン・キリハラは遠巻きから眺めていた。

エマが特異能力を使えなくなったのは想定外だが、実のところジンはそれほど心配していない。家族にいる〈白の騎士団〉のメンバーすらも抜群の演技力で騙《だま》し続《つづ》けてきたニーナなら、この程度のピンチなど鼻歌混じりで切り抜けられると信頼していたのだ。

――信頼。

そんな耳馴染《みみなじ》みのない単語を、いつしかジンは自分のものとして受け入れてしまっている。

そういえば、金銭を介さずに繋《つな》がっている共犯者はニーナが初めてかもしれない。

だから何だと自分で呆《あき》れつつ、ジンは人混みから離れた茂みに移動する。

周囲に誰もいないのを確認してから、制服の襟元に隠している小型無線機に向けて呟《つぶや》いた。

「おつかれ、ガスタさん。ニーナは無事試験をクリアしたよ」

『それはよかった。もう帰っていいか？』

「まだ俺の番が残ってる。その分の報酬は払ってるはずだけど？」

料金次第で詐欺《ペテン》に必要なあらゆる細工を請け負ってくれる〈造園業者〉のガスタは、酒焼けした声で豪快に笑っている。

恐らく今も、遠くからこちらをニヤニヤと見ていることだろう。

『しかし慎重すぎないか？　爆薬の設置だけならまだしも、遠くから双眼鏡で建物内部を見張らせるなんて』

「この手の試験で、一番怖いのは捨て身で特攻されることでしょ。敵の位置を捕捉することは必要不可欠なんだよ」

『まあお前ら二人は、その辺にいるモブにも力じゃ敵《かな》わねえからな』

「あんたも知ってるでしょ。異端者《フリークス》どもは本当に恐ろしい」

相手の位置を捕捉したら、建物内部にいるニーナが予《あらかじ》め決めておいた台詞《せりふ》で合図を出すことになっていた。

ガスタが遠隔着火装置を起動させ、前日の夜に仕掛けておいた爆薬で敵に恐怖を刻み込んでいく。あとはニーナが不安定な怪物の演技で降伏を迫れば一丁上《チェック・メイト》がりだ。

緻密な連携が必要となる仕掛《ギミック》けだから、今回はジンが建物の外から全体を統率しなければならなかった。

それに、ジンとニーナの関係性を探ろうとする者を不必要に増やさないためにも、たまには違う相手と組んでおいた方がいいという事情もある。

『……お、ジン。愛《いと》しの共犯者が歩いてきてるぞ』

「からかうなよ、面倒くさいなあ。もう俺の番になるまで連絡しないでくれる?」

無線機の電源を落としたジンは、存在感を完璧に消してこちらに歩いてくるニーナに目を向ける。華麗な勝利を収めた怪物を称《たた》えている生徒たちは、その張本人がここにいることにまるで気付いていないようだ。

「……ニーナ、いちいち化け物じみたスキルを発動しないでくれる?」

「え、何のこと?」

「無自覚でやってんのかよ……。まあいいや」

自分が現在進行形で起こしている奇跡に気付いていない様子の共犯者は、紺碧《こんぺき》の瞳をこちらに向けてきた。

「次はジンの番だね。誰と組むことになってるんだっけ?」

「あー、同じクラスのベイリーって奴《やつ》だよ。無理矢理誘われた」

「その人はどんな特異能力を?」

「確か〈臆病な猟犬《ナイト・ウォッチ》〉ってやつ。嗅覚が犬並みに強化されるんだってさ」

「へえ、この試験に向いてるっぽいじゃん!」

「別に関係ないよ。どうせ今回はわざと負けるつもりだから」

「ええっ?」

納得できないといった表情のニーナに、ジンは淡々と説明する。

「圧倒的強者として常に勝ち続けなきゃいけないあんたとは事情が違うの、俺は。ただでさえ世にも珍しい無効化能力の使い手だと警戒されてるんだから、多少は隙を見せておかないとね。肝心のターゲットが近付いてくれなくなったら本末転倒だ」

「〈羊飼いの犬〉……だね」

かつて、ジンの育ての親である〈伝説の詐欺師〉ラスティ・イエローキッド＝ウェイルが政府高官を騙《だま》した際に偶然入手し、そのせいで帝国の特務機関〈白の騎士団〉に惨殺《ざんさつ》されるきっかけになった『情報』がある。

彼が隠していた手記には様々な単語が断片的に書かれていただけだったが、ジンとその仲間たちはハイベルク校――その背後にいる帝国が企《たくら》んでいる壮大な策略《ギミック》の痕跡を嗅ぎつけた。その真相を暴《あば》くというゲームに勝利するために、ジンたちは〈白の騎士団〉の一員でもある学園長ジルウィル・ウィーザーの配下にいるスパイ――〈羊飼いの犬〉の正体を探っているのだ。

情報が確かなら〈羊飼いの犬〉は各学年に一名ずついるとされ、学園に害をなす存在を秘密裏に処理する役目を負っているらしい。つまり、そいつに接触することができれば学園の秘密を引き出せるかもしれないのだ。

ジンは切れ長の瞳を鋭く光らせた。

「〈羊飼いの犬〉は、この先間違いなく俺たちに接触してくる」

「私たちが学園にとって危険人物なのかを探るために……でしょ？」

「もし敵だと認定されたら、向こうは容赦なく消しにかかってくるだろうな。〈白の騎士団〉が敵国のスパイや国内の反乱分子を徹底的に皆殺しにしてるニュースを聞く限り、帝国に人間らしい情を期待することはできなさそうだ」

「……そういえば、ジン」ニーナは不安を全身から滲《にじ》ませている。「ベネットの部屋を探りに行ったとき、変なメモを見つけたんだよね？」

そこに残されていたのは、ただ一言『はじめまして』とだけ書かれた紙切れだった。

あれは、〈羊飼いの犬〉による宣戦布告なのではないだろうか。

自分たちの企《たくら》みは、もう見破られてしまっているのではないだろうか。

ニーナは明らかに不安たっぷりといった表情を浮かべている。

「大丈夫だよ。まだ俺たちは疑われてるだけ。仮にも入学試験免除組で、しかもスティングレイ家の令嬢であるあんたを確証もなく襲ってくることはないよ。……少なくとも、決定的な証拠を掴《つか》むまでは」

「でも、近付いてくる人全員を疑わなきゃだよね……？」

「お、わかってるじゃん。この先はずっと疑心暗鬼でお送りしていこう」

「ううう、最低な学園生活だ……」

入学試験免除組の一角であるベネット・ロアーを倒した二人は、すでに学年中の注目を集めてしまっている。一匹狼《いっぴきおおかみ》を気取っていたジンの周りにすら、武勇伝を求めて多くの生徒たちが群がってきている有様《ありさま》だ。

だが、有象無象の生徒たちを一人ずつ探る必要はない。

〈羊飼いの犬〉の候補は、ある程度絞られているのだから。

「ニーナ、もう一度おさらいだ。〈羊飼いの犬〉になるために必要な条件は？」

「帝国の上層部と密接な繋《つな》がりのある家柄の子供。それから、邪魔者を排除できるだけの圧倒的な実力」

ニーナの表情が少しだけ強張《こわば》る。

無理もない話だ。彼女が今言った条件を満たすのは、入学試験免除組——超常的な力を持つ怪物たちしかありえないのだから。

「でも、相手はどうやって接触してくるつもりなのかな？」

「さっそく、今日の放課後に仕掛けてくるんじゃない？」

「……ええ？　根拠はあるの？」

「このあと入学試験免除組は全員、学年主任のイザベラ教官に呼び出されることになってるんだよ」

「え、そんな情報どこで」

「あの便利なドレ……」本心を言いかけて、ジンは一度咳払《せきばら》いをする。「俺たちを献身的にサポートしてくれている、あの優しいルディ先生が情報を流してくれたんだ」

以前、ジンとニーナがマッチポンプ詐欺で恐喝して以来、歴史学の教官であるルディはジンの操り人形となっている。大方、教官室で不穏な動きがあれば逐一報告するように誘導しているのだろう。

「ジン、あんまり便利グッズ扱いしすぎるのはよくないよ!」

「向こうから協力させてくれって頼み込んできたんだよ。こっちは親切心でやってる」

「ううう、光景が容易に想像できる……」

借金取りに見逃してもらうために平気で頭を地面に擦《なす》り付《つ》けるような男だ。下手したら、もし自分たちが無能力者だとバレたとしても関係性は変わらないかもしれない。

拡声器越しの声が、ジンの名前を呼んだ。

面倒臭そうに肩を竦《すく》めて、詐欺師は旧校舎へと歩いていく。

「……怪我《けが》しないでね、ジン」

「あれ、いつからそんな過保護になったわけ?」

「べ、別に心配してるわけじゃない、けど……」

「はいはい。まあ適当に惨敗《ざんぱい》してくるよ」

誰もが救国の英雄である〈白の騎士団〉の候補生を目指している学園において、ジンだけが全く別の盤面で戦っている。

常に大局を見据え、自分に対する評判すらも巧妙に操作しようとしている共犯者に、ニーナは密《ひそ》かに頼もしさを覚えた。

◇

年季を感じさせる重厚な木製扉の前で、ニーナは深く息を吸いこんだ。

――この扉の向こうに、怪物たちが潜んでいる。

ジンが入手した情報は正しかった。〈ハイド・アンド・シーク〉が終了したあと、ニーナはイザベラ教官に耳打ちをされてこの会議室まで呼び出されたのだ。

ベネットを除く入学試験免除組とは入学初日の歓迎パーティーの時以来会っていないが、ジンほどの地獄耳ではないニーナの元にも、悪い噂《うわさ》が大量に届いている。

「……大丈夫。怖がる必要は、ない」

ニーナは誰にも聴こえない声で唱える。

むしろ、最も恐れられているのは自分なのかもしれない。

幼少期から帝国中に悪名を轟《とどろ》かせ、入学からたった一ヶ月でベネットを倒してしまった危険人物として、相応《ふさわ》しい振る舞いをしなければならないだろう。

会議室に足を踏み入れるなり、ニーナは円卓を囲む四人の怪物たちに不敵な笑みを向けた。

「お久しぶりです、皆さん。元気にしていましたか？」

こちらを射殺そうとするような視線、視線、視線。

悲鳴を上げて逃げ去りたい気持ちを必死に堪えて、ニーナは今にも殺意を暴発させかねない怪物の演技を纏《まと》う。

顔に汗をかくなんて厳禁だ。

人の心を持たない怪物は、常に涼しげな目で周囲を観察していなければならない。

「……あんた、まともな人間のフリが上手《うま》いね」

いきなり皮肉をぶつけてきたのは、机に脚を上げて偉そうに座る少女だった。

首元辺りで切《き》り揃《そろ》えられた濡《ぬ》れ羽色《ばいろ》のショートカット。健康的に日焼けした肌には化粧っ気がなく、細身だがしなやかな肢体が身体能力の高さを充分に伺わせる。燃えるような赤を湛《たた》えた瞳は、こちらを真《ま》っ直《す》ぐに睨《にら》みつけていた。

「カレン・アシュビーさんですね。凄《すご》い勢いでポイントを稼いでいると聞きました」

「へえ、有名人のあんたに存在を認知されてて光栄だよ」

「謙遜になっていませんよ。今、学年で最も目立っているのはあなたでしょう」

先日教室棟の前に貼り出された表で、カレンが現時点で学年最多のポイントを保有していることは確認済み。これは彼女の実力はもとより、生徒たちに見境なく〈決闘《コンバット》〉を仕掛ける好戦的な性格を物語っている。

ジンから聞いた情報によると、彼女は〈陽気な葬儀屋《アンダーテイカー》〉という破壊に特化した能力を持っているらしい。

「あんたとは、いつか話してみたいと思ってた」

「光栄ですが、今はそんな気分じゃないんです」

——ううう、目が怖いよ！　何でこんなに絡《から》んでくるの⁉

本来なら、絶対に敵に回してはいけない相手だ。ニーナは泣き出したい気分を押《お》し留《とど》めるだけで精一杯だった。

「はいはい、二人とも喧嘩《けんか》しないよー」

奥の方に座っていた男子生徒が、優しい声で仲裁してくれた。

「ニーナちゃん、こっちの席が空いてるよ。ほら、座りなよ」

「……ありがとうございます」

ニーナはまた脳内で情報を検索する。

キャスパー・クロフォード。癖のある赤毛と丸い瞳が、どことなく雑種犬のような印象を感じさせる。一人だけ能力の詳細がまるで明らかになっていないことから神経質な秘密主義者の姿を想像していたので、肩透かしを食らったような気分だ。

——よかった、優しそうな人もいるんだ……。

安堵《あんど》したのも束《つか》の間《ま》、彼の隣に座った瞬間に期待は裏切られる。

「いやー、近くで見るとやっぱ可愛《かわい》いなあ……。どう？　俺と付き合ってみない？」

「はい……!?」

肩に回そうとしてきた手を払い、ニーナはキャスパーを睨《にら》みつける。

よく見ると、手首や指に銀色のアクセサリーが光っており、ブレザーの中では派手なデザインのTシャツが存在感を主張している。

端的に言って、軽薄な女好きという表現がピッタリな出で立ちだ。

「あれ、どうしたの黙り込んじゃって。もしかして恋愛に耐性がない感じ?」

「ふざけないでください」

「わっ、びっくりした! そんな凛《りん》とした目で睨《にら》まれたら運命感じちゃうじゃんか……」

「殺しますよ、本当に」

「うひょう! ねえもう一回言って! 今度はもっとゴミを見るような目で!」

今ほど、自分が特異能力者だったらよかったのにと思ったことはない。

もし〈災禍の女王《メイルストロム》〉と呼ばれるサイコキネシスが本当に使えたなら、今すぐこの男の四肢を引き裂いて、それから……。

残酷な想像を一通りしてから、ニーナはハッとした。

——俺たちは、近付いてくる者全員を疑わなきゃいけない。

以前ジンが言った通りだ。

この少年が、実は〈羊飼いの犬〉なのかもしれない。どうしようもない女好きだと油断させ

て、その裏では冷静に探りを入れてきている可能性もあるのだ。

「で、ニーナちゃん。告白の返事はいつくれる予定？」

「あのですね、キャスパーさん。私は……」

「あっ！　突然だから動揺してる？　わかった、本当の気持ちに気付くまで待ってあげるよ」

「この色情狂が」怒りを隠そうともしない声が、円卓の反対側から聴こえてくる。「いい加減にしろよ、コラ」

先程ニーナに絡《から》んできたカレン・アシュビーが、円卓を殴りつける。

「キャスパー、あんたの病気が発症すると大気が汚染される。今すぐ惨殺《ざんさつ》してあげた方が世のためだ」

「ちょっ、酷《ひど》い言い草だ！　俺はただ、新たな恋にときめいてるだけなのに！」

「あんたのは恋とは言わない。ただの発作だ」

「そ、そんな……！」

「てかこの前、あたしの親友にも言い寄ってきたよな？　一体どういうつもり？」

「もちろんサティアちゃんのことも大好きだよ。付き合いたいと思ってる」

「はあ……？」思わずニーナも声を上げる。

「大丈夫だって、俺なら皆を平等に愛せる。だから安心して身を委ねて……」

ぱきっ。

グラスの中で氷が割れるような音が、室内に響き渡る。

全員の視線は、カレンが突き出した掌《てのひら》の先に出現した物体に注がれていた。部屋の照明を反射して輝く、小指の先ほどの大きさしかない半透明の塊。

小さな溜《た》め息《いき》とともに、キャスパーは両手を挙げて降参の意を示した。

「はは、カレンちゃん……まさかそれを、こんな狭い室内で使うつもり？」

「あんたがあたしを怒らせたのが悪い」

「冗談だって、落ち着きなよ。何人か死んじゃうよ？」

円卓の下で、ニーナは膝の震えを必死に隠していた。

物理法則を平気で捻《ね》じ曲《ま》げる特異能力者たちは、一般人のニーナからするとただでさえ恐怖の対象なのだ。

まして、ここにいる四人など理解の範疇《はんちゆう》すら超えている。

全員が、あの恐ろしいベネットと同等かそれ以上の力を持っているのだ。

今にも暴走を始めそうなカレンや、殺意を向けられているのにヘラヘラとしているキャスパーだけではない。こんな危機的状況を意にも介さず爪の手入れをしているアリーチェ・ピアソンや、虎の模様のアイマスクをして盛大に熟睡しているギルレイン・ブラッドノートも、とにかく得体が知れない怪物だった。

——ううう、帰りたい……。早くお風呂《ふろ》に入って寝たい……。

不敵な笑みの裏でしくしくと泣いていると、ようやく助け舟が姿を現した。

武装した部下を数人引き連れて会議室に入ってきたイザベラ教官が、冷たい声で言い放つ。

「許可なくじゃれつくな、怪物ども。今すぐ退学になりたいのか？」

部下たちを背後に整列させたあと、女教官はろくな前置きもなく本題に入った。

「ここに集められた理由はわかっているな、貴様ら」

イザベラは明らかにニーナの方を睨《にら》んでいる気がするが、特に心当たりはない。

まさか、自分とジンが特異能力者ではないことがバレてしまったのだろうか。

いや、もしそうなら他の生徒まで集める必要はないはずだ。

「貴様らと同じ入学試験免除組のベネット・ロアーが退学処分になったことは知っているな。入学からたった一ヶ月でだぞ？　こんなのは前代未聞《ぜんだいみもん》だ。

いいか？　貴様らがなぜ特別扱いされているのかを考えろ。入学試験を免除し、平均を大幅に上回る一〇〇〇ポイントを最初に与えてやったのは、貴様らに有象無象のブタどもを適度に間引く役目があるからだ。一年後か二年後……学年に精鋭しか残っていない頃に脱落するならまだしも、こんな時期に落とされてしまうなど言語道断だ」

イザベラ教官は、明らかにニーナの目を見て話している。反論しようかとも思ったが、彼女は口を挟む余地は与えてくれそうにない。

「いいか、自分たちが帝国の未来を背負っているという自覚を持て。貴様らが何も考えず行動した結果、本来なら〈白の騎士団〉に入れる実力もない連中が卒業式まで生き残ってしまうなど許されないんだぞ」

そういうことか、とニーナは納得する。

イザベラ教官は回りくどく色々言っているが、要するに、ここに集められたのは自分たちに釘《くぎ》を差すためなのだろう。

これ以上、入学試験免除組同士で潰し合わないように。

「わっかりましたぁー」とキャスパーがヘラヘラと笑いながら答える。

他の者も口を閉じたまま、無関心を全身で表明していた。ここにいる者は皆、イザベラ教官の真意には当然気付いているのだろう。だが――。

――こんな忠告、絶対に誰も守らないよね……。

名指しで叱責されているも同然のニーナは、今どんな態度を取ればいいのだろうか。

どうすれば、彼女は不安定な怪物のイメージを守ることができるのだろうか。

ニーナは頭の中で最適な演技の道筋を組み立てる。

結論として、どうやらニーナは静かにこの部屋を後にしなければならないようだった。

「……どこへ行く、ニーナ・スティングレイ」

「学生寮に。早くシャワーを浴びたい気分なので」

「まだ話は終わってないが？」

「ありがたい忠告なら、他の皆さんが受け取ってくれますよ」

「鈍感もここまでくると重罪だな。私は貴様に向けて忠告したつもりなのだが」

「子供の頃、歴史学の授業で学びましたよ。三〇年前の大戦末期、帝国は敵対する共和国と停戦協定を結ぼうとしていました。それなのに、首都の空は突如として新型爆弾の白い光に埋め尽くされてしまったそうですね」

「つまり、何が言いたいんだ？」

「停戦協定なんてくだらない。私は、相手が誰であろうと闘争を躊躇《ちゆうちょ》しません」

円卓を埋め尽くす全員を一通り眺めた後、ニーナは締めくくった。

「そういうことです、皆さん。これから一緒に楽しい学園生活を送りましょうね？」


「うううう……。絶対にやりすぎた……」

、、、アジトに辿《たど》り着《つ》くと同時に、ニーナはコンクリートの床に座り込んだ。

かつてベネットが成績下位の生徒向けの闘技会を開催していた、運動場の外れにある巨大な体育倉庫。授業でまともなスポーツなど実施しないこの学園では無用の長物で、周囲には人通りもない。ここは、先日の戦いで掴《つか》み取《と》った数少ない戦利品と言えるだろう。

ニーナは、スパンコールで彩《いろど》られたスーツに身を包む雨蛙《あまがえる》の人形を鞄《かばん》から取り出し、縋《すが》りつくような姿勢で何やら語り始めた。

「もういやだ……。あんな風に宣戦布告しちゃったら、みんなから狙われるに決まってるじゃんっ！　どういうつもりなの、私はっ⁉」

強く握りすぎて、雨蛙《あまがえる》の顔が盛大に歪《ゆが》んでしまっている。しかしニーナは絶望の淵《ふち》にいるので、そんなことに気付けるはずもない。

「そ、そうだっ！　今からでもみんなに謝りに……」

「いやいや、何でそんな結論になんの」

「ひゃぁっ⁉」

突然の声に振り向くと、倉庫の奥の方にいたジン・キリハラが皮肉めいた視線を向けていた。

「い、いつからそこに……！」

「体操用のマットを敷いて寝てたんだよ。……てか前にもしたな、こんなやり取り」

我に返ったニーナは、慌てて人形を鞄《かばん》に隠す。

「べ、別に私は独り言の癖なんてないから！　これはその、ただの演技の練習で……」

「随分リアルだったね。まるで演技に見えなかった」

「そ、そうでしょ？　結構手ごたえがあって……」

「まあ病状の確認はさておき、本題に入ろうか」

「ぐっ……」

これ以上反論するとこちらが惨《みじ》めになるだけなので、ニーナは黙り込むしかない。

悔しさに歪《ゆが》む顔を満足そうに眺めた後、ジンが切り出した。

「で、どうだった？　怪物たちの会合は」

「……大変だったよ、すごく」

気持ちを切り替えて、ニーナは先ほど起きたことを詳細に説明した。

やけに癖の強い入学試験免除組の四人。明らかに自分の目を見て忠告してくるイザベラ教官。舐《な》められないように、本心に反して強硬な態度を取るしかなかった自分。

「よくやった。満点の立ち回りだ」

「そう、なの？　無駄に敵を増やしただけな気もするけど」

「それでいいんだよ。もし四人の中に〈羊飼いの犬〉がいたなら、あんたはいよいよ立派な危険人物に認定されただろうから」

「え、それってマズいんじゃない……？」

「いや、それで大丈夫」ジンは口許《くちもと》を不敵に歪《ゆが》めた。「予言してやるよ。〈羊飼いの犬〉はニーナに同盟を組もうと持ち掛けてくる」

「ええええっ？」

「何度も言うけど、これからは近付いてくるやつ全員を疑うんだ。相手は笑顔の裏でこっちの腹を探っているのかもしれない。そこで俺たちは、相手の疑いを晴らしつつ逆に有益な情報を抜き取らなきゃいけないんだ。これは結構な高難度ミッションだよ」

「ま、待ってよジン。本当にそんな展開になるの？　だって私が帰るとき、みんな凄《すご》く険悪なムードだったよ？」

「じゃあ賭けでもする？　もし今日中に入学試験免除組の誰かが接触してきたら、あんたは俺の頼みごとを一つ聞かなきゃいけない。予言が外れたら、ニーナも俺に何か要求していいよ」

「そんな賭け、成立するわけ……」

了承しようとしたところで、ニーナは自分が現在進行形で騙《だま》されていることに気付く。

——ジンの常套《じょうとう》手段だ。

この詐欺師がこういう提案をしてくるとき、既に賭けに勝つ準備は完了しているに違いない。

「……危ないところだった。ジン、あなたにはもう心当たりがあるんでしょ？」

「ちっ、バレたか。惜しいところだったのに」

「私だって、伊達《だて》にあなたの共犯者はやってないよ」

なぜだか、ニーナは誇らしい気分になった。もちろん、嘘《うそ》つきの思考を身に着けるのが良いことだとは思えないけれど。

ふと、ニーナはジンが満足そうな表情でこちらを見つめていることに気付いた。

「……どうしたの？」

「ニーナって、初めて会った頃とだいぶ印象変わったよな。プロの詐欺師らしく、肝が据わってきたというか」

「なにそれ」

「今のあんたの方がずっといい、ってこと」

「や、その……ええっ？」

こんな風に正面から褒められると、目の焦点が定まらなくなる。

そして彼女は、ベネットとの戦いのあとに自覚した淡い感情を思い出してしまう。あれはまさか、一瞬の気の迷いではなかったのだろうか。

……いや、ありえない。

ジンは物心ついたときからずっと詐欺師で、人の内側に入り込む方法を心得ているのだ。こんな風に振り回されてしまうなんて、自分はまだまだ詐欺師失格だ。

ニーナはどうにか冷静さを取り戻した。

「……それで、ジン。私に接触しようとしてるのは誰なの？」

「キャスパー・クロフォード。昨日の夜、食堂でいきなり前に座ってきたんだ」

──あの男か……。

緊迫感に満ちた会議室をただのナンパスポットとしか考えていなかった彼なら、平気な顔をして近付いてくる姿が容易に想像できる。

「確かに、あの人は怪しい」

「でしょ？　キャスパーくんは最初の容疑者に認定だ」

「……で、私はどうすればいいの？」

「まあ、ひとまずは相手の要求に従うしかないかな」

ジンは呆《あき》れ混《ま》じりの声で告げた。

「やつは、あんたとの同盟関係を望んでいる」

第二章 都合のいい同盟関係、毒薬混じりの招待状

Lies, fraud, and psychic ability school

「だぁから、なぁんでてめえまで来てるんだよ!?」

翌日。待ち合わせ場所に指定されていた学園内唯一のカフェに到着するなり、キャスパーがジンに詰め寄ってきた。強引に肩を組み、耳元で怒鳴り散らしてくる。

相手が異性か同性かによって態度が変わる人間は社交界にもたくさんいたが、ここまで極端な例をニーナは初めて見た。

「いや、ニーナをここに連れて来いって言ったのはあんただろ……」

「お前まで来いなんて言ってねえよ！　なあ、デートって言葉の意味わかりますぅ？　男なんて生物学的に余計な存在がその場にいたら成立しねえの！」

「で、デート!?　そんなの私は聞いてませんよ？」

「ああごめんねニーナちゃん。このバカのせいで不幸な行き違いがあったみたいだね……」

「俺はあんたから、確かに『ニーナと同盟を結びたい』って聞いたけど」

「そんなの口実に決まってんだろうがよっ！　そのくらい察しろ！　恋愛経験ねぇのかてめぇ

はよおおっ！」

「……わかったわかった。じゃあ俺が帰ればいいの？」

「おうおう、さっさと失《う》せろ」

ジンが肩を竦《すく》めて立ち去ろうとしたとき、キャスパーがなぜかわなわなと震え始めた。

「……おい、ちょっと待て。とんでもねぇことに気付いたぞ」

「はあ……。今度はなに？」

「なぁぁんでてめぇはっ、ニーナちゃんのこと呼び捨てにしてんだよおおおお！」

キャスパーは絶叫しながら走り去ったかと思うと、少し離れた場所に膝を抱えて座り込んでしまった。どうやら完全にいじけてしまっているようだ。

——本当に、あんな人が〈羊飼いの犬〉の候補なの？

入学式典にすら姿を見せないほど慎重な学園長が、こんな滅茶苦茶《めちゃくちゃ》な人物をスパイに任命するとは思えないけど……。

激しく帰りたい衝動に抗《あらが》っていると、ジンが小声で指示を出してきた。

「ほら、慰めてやらないと」

「はっ？　私が？」

「あんた以外に誰がいるんだよ」

「もう無視していいんじゃない？　だってこの人、全然怪しくないよ」

「ニーナ、一つ忠告だ」さり気なくこの場を離れながら、ジンが告げた。「無害に見える詐欺師ほど、危険な存在はこの世にいない」

遠ざかっていくジンの後ろ姿を見つめながら、ニーナは急に不安に駆られてしまった。

確かに、ジンの言う通りかもしれない。

今自分は、キャスパーのことを取るに足らない相手だと思ってしまっている。……相手は、入学試験を免除されるほど強力な特異能力者だというのに。

いや、それだけじゃない。

入学試験免除組の中でただ一人だけ、キャスパーの特異能力は何一つ明らかになっていないのだ。このことからも、彼が巧妙に情報操作を行なっていることは窺《うかが》い知《し》れる。

――全部、油断させるための演技かもしれない。気を抜かないで。

自分に言い聞かせて、ニーナは蹲《うずくま》った怪物へと近付いていく。

どうすべきか迷ったが、ひとまず肩を叩《たた》いて慰めてみることにした。

「キャスパーさん、元気を出しましょう」

「え？　女神？」

「…………一旦、彼には寮に帰ってもらいました。だから安心してください」

「あいつとは、まさか恋人同士なの？」

「……そんなわけないでしょう」

「じゃあどういう関係？　まさかニーナちゃん、あいつに気があったりとか……」

「ち、ちょっとした協力関係というか……そう、ただの下僕です！　変な気持ちは一切ありません っ！」

慌てて弁明すると、キャスパーは満面の笑みでこちらを見上げてきた。

「なぁんだ、やっぱそうだよね！　心配して損したよ！」

一瞬で復活してしまったキャスパーを見て、ニーナは溜《た》め息《いき》を我慢するので精一杯だった。


——いったいこれは、何の時間なのだろう。

客もまばらなカフェの一角で、ニーナは小一時間もキャスパーと談笑を繰り広げていた。

ハイベルク校での生活。幼少期の思い出。食べ物の好みや趣味などについて。

どれも、同盟関係とはまるで関係のなさそうな話題ばかり。キャスパーは本当に、純然たるデートのつもりでここにいるらしい。

向こうが次々に話を振ってくれるとはいえ、いちいち嘘《うそ》を織り交ぜながら話さなければならないニーナはかなり疲労してきていた。油断して余計なことを口走ってしまわないように、気を引き締めなければ。

「そういえば、ニーナちゃんはなんでハイベルク校に来ようと思ったの？」

「それはもちろん、二人の兄がここの卒業生だからです。私も、〈白の騎士団〉に所属する彼らのようになりたいと思いまして」

「ああ、あの有名なスティングレイ兄弟だね。俺の父親もよく話題に出してたよ」

ジンが探偵に調べさせた情報によると、キャスパー・クロフォードは代々帝国軍の幹部クラスを輩出してきた名家の出身らしい。

特に父親は〈白の騎士団〉とともに作戦行動をこなすこともあったらしく、その一人息子であるキャスパーは〈羊飼いの犬〉になるための条件を充分に備えていることになる。

『よし、そろそろ探りを入れてくれ』

右耳に挿し込んでいる小型無線機から、ジンの声が小さく聴こえてくる。キャスパーがニーナと二人きりになろうとしていることを予測していたジンが、ここに来る前に渡してくれたものだ。無線機は白金色の髪で隠しているので、バレる心配はない。

もちろん、会話の内容は鞄《かばん》に隠している盗聴器でジンにも伝わっていた。一方的に指示を受け取ることしかできないとはいえ、頼もしい限りだ。

密《ひそ》かに呼吸を整えてから、ニーナは慎重に切り出す。

「ではキャスパーさんも、〈白の騎士団〉を目指しているんですね」

「んー、それがさ。まだどうするか決めてないんだよねー」

「……はい？」

「いや、俺ってたまたま強力な特異能力を持って生まれたわけじゃん？　だから何となく国内最高峰のハイベルク校に入ってみたんだけど、正直後悔しててさ」

「え、そうなんですか？」

「激しい競争社会とは聞いてたけど、ここまで治安が悪いとは思ってなかったんだよね。なまじ入学試験免除組なんかになっちゃったせいで、女の子が警戒して近寄ってくれなくなったしさー。今俺、これまでの人生で一番モテてないよ……」

「そ、そんなの当たり前でしょう……」

以前ベネットが二〇人近くの生徒たちを焼き殺そうとしたことからも分かるように、この学園はまともな青春を謳歌できるような仕組みにはなっていない。気を抜くと一瞬で出し抜かれ、搾取《さくしゅ》され、挙句の果てには殺されてしまうかもしれない戦場なのだ。

キャスパーはなんて甘いことを考えているのだろう。

もちろん、そんな考え方でも生き残れていることが彼の実力を証明しているのだけど。

「……あなたの所持ポイントがほとんど動いていない理由がわかりました」

「はは、〈実技試験〉なんて適当にやってるし、〈決闘《コンバット》〉も全部断ってるしね」

「もし生き残りレースから脱落したらどうするつもりですか？」

「まあ別にいいかな。俺の特異能力があれば、どんな世界でだって生きていけそうだし」

それを聞いて、ニーナの胸中には不意に悲しみが去来した。

キャスパーがこんなスタンスを取れるのは、彼が圧倒的な実力を誇る特異能力者だからでしかない。

彼はテーブルに広げられた無数の選択肢の中から、今の気分にあったものをその都度選ぶことができる。幼い頃からずっと怪物を演じ続け、最終的にこの異常な学園に流れ着くしかなかった自分とは決定的に違うのだ。

『……やっぱ怪しいな、こいつ』

ジンの訝《いぶか》しむような声が、鼓膜を震わせる。

『本性を隠してるのが見え見えだよ。さっきから質問ばかりで、自分の話題になると適当にはぐらかしてくるし。普通、異性を口説こうとする男はもっと自信満々に自己開示してくるもんなのに。……いや、それとも今言ったことは全部本心なのか？』

ニーナは温《ぬる》くなったコーヒーに口を付け、少し頭を落ち着かせることにした。

目の前にいる少年と自分が辿《たど》ってきた人生が違いすぎるせいで、嫉妬にも似た感情を抱いてしまっていたらしい。

共犯者を見習って、もっと冷静に相手の出方を伺わなければ。

『ニーナ、もっとキャスパーの思考を探りたい。自分に近付いてきた理由を聞くんだ』

了解の合図として、ニーナは耳元を軽く叩《たた》いた。

「それで、キャスパーさん。あなたはどうして私に接触してきたのでしょう」

「え？　そんなの、ニーナちゃんが好きだからに決まってるじゃん」

「ま、真面目に答えてください！」

「わわ、怒ったっ……！　その表情ほんといいよ！　写真に撮って家に飾りたい！」

『ニーナ、一度突き放せ』

「……もういいです。寮に帰ります」

「ちょっ、待って！　ごめんって！」

腕を掴《つか》んでニーナを引き留めると、キャスパーはバツが悪そうに白状した。

「いやまあ、そのね？　ニーナちゃんが魅力的で、二人っきりでデートしたかったのも本当なんだよ？　それは絶対に嘘《うそ》じゃない。だけどその、もう一つお願いしたいことがあったっていうか……」

「じゃあ、早く本題とやらに入ってください」

バツが悪そうに頬を掻《か》いてから、キャスパーは上目遣いで言った。

「ニーナちゃん、俺と同盟を組んでみない？」

「……同盟、ですか？　でもさっき、あなたは否定してましたけど」

「まあその、同盟って言っても形だけのものでいいんだ。ほら、昨日の会議に参加したから知ってると思うけど、ちょっと今カレンちゃんとトラブってってね……」

「カレンさんの親友に手を出したんでしょう？」

「やや、手を出してなんかないよ！　二人で街に繰り出そうと誘っただけだから。でもカレンちゃんはああ見えて友達思いだから、軽く殺害予告を喰《く》らっちゃってさ……」

「完全に自業自得《じごうじとく》ですね」

「そう言わず協力してよ……！　別にニーナちゃんは何もしなくていい。誰かに聞かれたら、俺と同盟を組んでるって答えてくれるだけでいいんだ」

どう答えるべきかわからず、ニーナはコーヒーを飲んで時間を稼ぐ。

『ますます怪しい』

ジンは疑いを強めているようだ。

『こいつも入学試験免除組でしょ？　多少狙われたところで、こんなに弱腰になるなんて不自然すぎる。ニーナと今後も接触するための口実としか思えないんだよなあ』

ジンの疑問をそのまま口にすると、キャスパーは躊躇《ためら》いがちに答えた。

「カレンちゃんの特異能力って、ちょっと俺とは相性が悪すぎるんだよね。まあ、あんな可愛《かわい》い子とは戦わずに済むよう頑張るけど……万が一って場合もあるし。でも俺がニーナちゃんと同盟を組んでるって思い込ませられれば、うまく牽制《けんせい》できるかもしれない」

『……条件次第では同盟を組むって答えてくれ。キャスパーの身辺を探るチャンスだ』

心の底から億劫《おっくう》だが、これも目的のためだ。

ニーナはコーヒーカップを静かに置くと、限界まで悩み抜いた形跡が感じられるような声色で呟《つぶや》いた。

「……仕方ないですね、同盟を組みましょう。もちろん条件次第ですが」

「あああああっ！　ありがとう！　やっぱりきみは女神だ！　なんできみのことを歌った曲がこの世にないんだろう！　くそっ、なんかめちゃくちゃ腹立ってきたな。……ああそうか、俺が作ればいいのか！　よし、この後さっそくギターを買ってくるね」

「変な悟りは開かなくていいので、同盟締結の代わりに教えてください」無線機からの指示通りに、言葉の刃をキャスパーの喉元に突き出す。「あなたの特異能力は、いったいどんなものですか？」

「あ、それは答えられない」

底冷えのする気配が、凄《すさ》まじい速度でキャスパーの周囲を取り囲んだ。

彼はすぐに笑顔を作ったが、一瞬だけ垣間見《かいまみ》えた深淵《しんえん》がニーナの心臓を鷲摑《わしづか》みにしてくる。

――この人は、恐ろしい何かを隠してるかもしれない……。

「ま、それ以外の条件なら何でも呑《の》むからさ。思いついたら教えてよ」

伝票を持って立ち上がると、真意の読めない男は満面の笑みを向けてきた。

「これからもよろしくね、ニーナちゃん」

◇

「ど、どうしたのニーナちゃん！　なんかげっそりしてない？」

午後六時すぎの混雑した食堂で、対面に座るエマが心配そうにこちらを見つめている。

どうやら、心労が顔に出てしまっていたらしい。

ベネットと命がけで戦ってからまだ数週間しか経ってないというのに、今度はキャスパーとカレンという二人の怪物たちの戦いに巻き込まれようとしているのだ。

昨日の会議でもその片鱗《へんりん》を目の当《ま》たりにしたが、カレン・アシュビーは敵とみなした相手に対して容赦はしないだろう。いくら形だけの同盟だとしても、彼女にはニーナを狙う理由ができてしまった。

こんな状況でも、ジンには上手《うま》く立ち回りつつ〈羊飼いの犬〉の正体を探り当てるプランがあるのだろうか。

それに、自分たちがやっている行為自体への漠然とした不安もある。もしキャスパーが〈羊飼いの犬〉ではないとしたら、無実の人間を騙《だま》していることになるのではないか？

――あれこれ考えても、仕方ない。

ひとまず、ニーナは渦を巻く疑問を無視して平気な表情を作ることにした。

「ちょっと寝不足なだけです。何も問題ありませんよ」

「そっか、ならよかった！」

「でも、エマさんと話していたらだいぶマシになってきました」

それは、ニーナが久しぶりに本心から発した言葉だった。

誰もが他人を騙《だま》して蹴落とすことしか考えていないハイベルク校において、エマのように純真無垢《むく》な生徒は少ない。

かつて〈伝説の詐欺師〉ラスティ・イエローキッド＝ウェイルが幼き日のジンを側に置いたように、詐欺師という人種は、打算なしで付き合える誰かの存在を渇望《かつぼう》しているのかもしれない。

「でもさ、二人はどんどん危ない方向に進んで行っちゃうから心配だよ……。ねえニーナちゃん、一個聞いてもいい？」

「何ですか？」

「どうしてあの時、ベネットくんと戦おうなんて思ったの？」

「エマさんもあの場にいたでしょう？　ベネットさんは、闘技会の生徒たちに酷《ひど》いことをしていました。どうしても見過ごせなかったんです」

「でもさ、そもそもベネットくんと戦おうと思わなければ、そんな秘密を暴《あば》くこともできなかったんじゃないかな？」

「それは……」

思いもよらなかった鋭い質問。どう答えるべきか、ニーナは逡巡する。

ニーナとジンの本当の目的は、入学試験免除組に紛れ込んでいる〈羊飼いの犬〉を特定することだ。もしベネットが学園の秘密を知る〈羊飼いの犬〉だったなら、彼を尋問して情報を引き出すつもりだった。

とはいえ、たとえ友人だとしてもそんな真実は伝えられない。

「もしかすると、私たちは気が逸《はや》りすぎていたのかもしれませんね。早いうちに入学試験免除組の誰かを倒しておけば、競争の先頭に立てるとばかり……」

「これからは気を付けてね？　ニーナちゃんとジンくんが危険な目に遭うなんて、嫌だよ」

「はい。これからはもっと慎重に……」

最後まで言い切ることはできなかった。

なぜならニーナの後ろの方で、何かが破砕《はさい》されるような凄《すさ》まじい音が響いたからだ。

目の前で硬直するエマと同様に、ニーナも油の切れた機械のような緩慢さで音のした方向を振り返る。

肉食獣のような気配を纏《まと》った黒髪の少女が、腕を組んで仁王立ちしていた。

その足元には、真っ二つになった木製テーブルの残骸。「嘘《うそ》だろ、蹴りでぶっ壊しやがったぞ……」という囁《ささや》き声《ごえ》がどこかから聞こえ、すぐに静寂に呑《の》み込《こ》まれていく。

「はい注目。みんな、ちょっと聞きたいんだけど」

入学試験免除組の一人――カレン・アシュビーが、よく通る声で告げる。

「この寮にニーナ・スティングレイがいるよね。今どこにいるか知ってる人は挙手……って、あれ？　なんだ、そこにいるのか」

燃えるような赤い瞳が、ニーナを正面から捉える。

――まさか、もう同盟の件を聞きつけて⁉

頭の中で警報が鳴っている。

カレンがこちらに近付いてくる。こんな展開は全く予想していない。警報。カレンがこちらに近付いてくる。警報。自分たちはまだ何の作戦も用意していない。警報。警報。警報。

緊急事態に硬直している内に、カレンは目の前のテーブルに腰を下ろし、上から見下ろすように言った。

「そう怖い顔で睨《にら》むな。あたしらがここで戦ったら皆に迷惑でしょ」

「……そのくらいの常識はあるようですね。ところで何の用ですか？」

「大事な話がある」

カレンは八重歯の目立つ口許《くちもと》を凶悪に歪《ゆが》ませた。

「あたしの部屋まで来い、ニーナ・スティングレイ」

――どうしようどうしようどうしようどうしよう……。

◇

自分の寮まで続く道をズカズカと歩くカレンの背中を追いかけながら、ニーナは逃げ出したい衝動と必死に戦っていた。

ニーナは共犯者のジンと手を組んで何人もの特異能力者と戦ってきたが、それは入念な情報収集と準備によって確実に勝てる状況を整えてからの話だった。こんな、対策どころか心の準備すらできていない状況ではどうすることもできない。

小型無線は夕食の前に自室に置いてきたし、そもそもジンがいる男子寮からは距離もあるので通話などできないだろう。

つまり今、ニーナはジンの力を借りることができない。

「よし、着いた」

重厚な扉を開いて、二人は寮の中に入る。

国内最高峰の養成学校としての資金力がなせる業なのか、ハイベルク校の学生寮は各学年の男女にそれぞれ三棟ずつ、計一八棟も用意されている。三年後には多くの生徒が脱落しているはずだが、上層部はそんな計算結果に興味などないのだろう。

案内された第一女子寮は、ニーナが住む第三女子寮と全く同じ見た目をしている。外観はもちろん、内装まで綺麗《きれい》に複製されているようだ。

ただ、内部を満たす空気だけが異なっていた。

何というか、この寮は全体的に殺伐としているのだ。

誰もが正面から入ってきたニーナたちに敵意の眼差《まなざ》しを向けているし、生徒同士が和やかに談笑している様子もない。

「ああ、この寮の雰囲気に驚いてる？」

「まるで、軍隊か刑務所みたいですね」

「つい最近まで、自分たちの目的を忘れてはしゃいでる連中が多すぎてさ。最近流行《はや》りの香水がどうだの、何組の誰々の顔が好みだの……心底くだらない。で、あたしが何人かシメてやったら全員の目の色が変わったってわけ。〈白の騎士団〉を目指す連中は、本来こうあるべきだと思うでしょ？」

「……ええ、私も同感です」

ジンがいつか言っていた情報によると、カレンがいる第一女子寮の生徒たちは他の寮の生徒よりも積極的に〈決闘《コンバット》〉をやっており、メンバーの平均所持ポイントも比較的高いらしい。

良くも悪くも、好戦的なカレンの存在が彼女たちに影響を与えているのだろう。

「入れ、ここがあたしの部屋だ」

扉を開けてまず目に入ったのは、メイド服に身を包んだ黒髪の少女だった。

大きな丸眼鏡と重たい前髪が、どこか近寄りがたい雰囲気を放っている。呆気《あっけ》にとられるニーナを、少女は革張りのソファまでエスコートしてくれた。

「め、メイド？　なぜこんなところに……」

カレンは対面するソファに勢いよく座り込むと、無粋な質問でも受けたかのような目でニーナを睨《にら》んだ。

「それなりの家で育ったやつからすりゃ、そんなに珍しいもんでもないだろ。スティングレイ、あんたの家にも何人かいたはずだ」

「え、ええ。ですが……」

「心配しなくても、こいつはれっきとしたハイベルク校の生徒だよ。便利な特異能力だって持ってる。……ほら、自己紹介してやりな」

主人の指示を受けて、少女はフリルつきのスカートを軽く持ち上げて頭を下げた。

「サティア・ローデルと申します。幼少期より、アシュビー家にメイドとして仕えさせていただいております」

サティア——キャスパーが手を出そうとしたカ、レ、ン、の親友は、この子だったのか。

控え目で表情に乏しい彼女は、ニーナとはかなりタイプが違う気がする。キャスパーという男の節操のなさには、もはや呆《あき》れるしかない。

「サティア、客人に紅茶を」

「すでに用意しております」

「ふん、流石《さすが》だな」

完璧なタイミングで、ニーナの目の前に紅茶の入った陶磁器のカップが置かれる。一目見ただけで高価だとわかるくらい、センスのいい代物だ。

部屋の隅には、運送用の木箱が大量に積み重なっていた。壁際《かべぎわ》に置かれた棚には食器類や洗剤、お茶菓子や香水などが一定の規則の元に並べられている。お気に入りの品々を、わざわざ家から取り寄せているということだろう。

「スティングレイ、角砂糖は」

「あ、では一つだけ」

「すでに入れております」

――ゆ、有能だ……。

何をしでかすかわからないカレンを長年フォローしてきただけあって、サティアの能力はすでに第一級のメイドと同等だ。テーブルに脚を上げて行儀悪く座るカレンの姿からは想像もできないが、アシュビー家の大富豪としての格はかなりのものなのだろう。

ひとまずニーナは、安心して紅茶に口をつけることにした。

鼻孔をくすぐる芳醇《ほうじゅん》な香り。内に秘める物語を反映しているような琥珀色《こはくいろ》の水面が、照明を反射してきらきらと輝いている。最初に少しだけ口に含んでみると、ひりつくような辛さと奥底にある磯臭《いそくさ》さが口や鼻の粘膜を容赦なく攻撃してきて——。

「……うっ。な、なんですかこれは！」

「本日の創作紅茶でございます、スティングレイ様。事前の調査で魚料理がお好きとお伺いしましたので、隠し味としてニシンの内臓から抽出したエキスを入れております。味を整えるために、東方から取り寄せたスパイスも少々」

「アレンジが全部裏目に出てる……！」

「悪いね、スティングレイ。サティアはサービス精神が行き過ぎるあまり、客の好みを強引にねじ込んだ創作紅茶を振る舞う悪癖があるんだ。おまけに味覚が軽くバグってるから、運が悪ければこういうことになる」

「……こんなの、ただの嫌がらせです。普通の紅茶に取り替えてください！」

「は？」

穏やかだった空気が、一気に氷結していく。

カレンは、腹を空かせた肉食獣のように獰猛《どうもう》な瞳をニーナに向けていた。

「せっかくサティアが創作紅茶を淹《い》れてくれたんだぞ。多少味覚に合わないからって、まさか飲み干せないなんて言わないよな？」

無表情で立ち尽くすメイドを横目で見つつ、カレンは怒気を孕んだ空気をニーナへと放っている。

油断していた、とニーナは内心で舌打ちをする。

目の前にいるのは、正真正銘の怪物なのだ。

一年生で最も多くのポイントを稼ぎ、数多くの生徒を〈決闘《コンバット》〉で沈めてきた生粋の戦闘狂《バトルマニア》。

こういうタイプは、常に喧嘩《けんか》を吹っ掛ける口実を探している。

おまけに、メイドのサティアも何らかの特異能力を持っているのだ。

自分は今、怪物の巣の中に放り込まれたネズミでしかない。

少しでも相手の気が変われば、一瞬で捕食されてしまうだろう。

「……ふう」

ニーナはカップをテーブルに置き、小さく溜《た》め息《いき》を吐《つ》いた。

——手の付けられない怪物なのは、こっちも同じだ。

〈災禍の女王《メイルストロム》〉を演じ続けるためには、こんなところで委縮してはいられない。

「それは脅迫のつもりですか、カレンさん。それとも宣戦布告？　私としては、後者ならありがたいのですが」

「挑発的な目……いかにも敗北の味を知らなそうだ」

「少なくとも、あなたは教えてくれそうにありませんね」

「……試してみる？　今、ここで」

激突する視線が蒼白《あおじろ》い火花を散らし、時空を捻《ね》じ曲《ま》げていく感覚。今にも酸素が欠乏してしまいそうだが、目を逸《そ》らすわけにはいかなかった。

カレンがソファにふんぞり返ったまま掌《てのひら》をこちらに向けてきても、余裕の笑みを張り付けていなければならない。

「……ふん。まあ合格、かな」

不敵に笑ってそう言うと、カレンはテーブルから脚を降ろしてきちんと座りなおした。

「試すような真似《まね》をして悪かったよ、スティングレイ。あんたが、あたしの同盟相手に相応《ふさわ》しいかどうか見ておきたかったんだ」

「悪趣味がすぎます、カレン様」

「まあそう言うな。久しぶりに創作紅茶を披露できて嬉《うれ》しかっただろ？」

目の前で勝手に進んでいく話に、ニーナは目をぱちくりとさせる。

「……同盟、ですか？」

見るからに一匹狼《いっぴきおおかみ》を気取っていそうなカレンが、まさかそんな話を持ち掛けてくるとは思いもよらなかった。いったい、どんな罠《わな》が背後に隠されているのだろうか。

——俺たちは、近付いてくる者全員を疑わなきゃいけない。

ジンに言われた台詞《せりふ》を、ニーナはまた思い出す。

「あたしは、この学園を首席で卒業して〈白の騎士団〉になりたい。だから昨日教官に言われた停戦協定を守る気なんてサラサラないんだ。入学試験免除組だろうと、邪魔になれば積極的に潰しに行くつもり」

「その最初のターゲットが、キャスパーさんということですね」

「その通り。あたしは、ああいう世の中を舐《な》めてるキザ野郎が一番嫌いなの。真っ先に潰すなら丁度いい相手だと思わない？」

「ですが、なぜわざわざ私と同盟を？」

「あんたには、あいつの特異能力を暴いてほしい」

カレンの獰猛《どうもう》な瞳に、冷酷な知性の光が見えた。

「聞いたよ。あのバカはあんたに同盟関係を持ち掛けてきたんでしょ？　だったら丁度いい。あたしのスパイになりなよ、スティングレイ」

カレンはただの戦闘狂《バトルマニア》ではない。

衝動に身を委ねて、無謀な賭けに出るような真似《まね》はしないのだ。キャスパーが特異能力をひた隠しにしているという不確定要素があるなら、それを先に潰しておくという慎重さを兼ね備えている。

ついさっき結んだばかりの同盟関係を知っていることからも、情報収集能力もかなりのものだとわかる。

まあそれは、キャスパー自身が言い触らしているだけかもしれないけれど。

「キャスパーにこちらの狙いを悟られないように、あたしらの同盟関係は誰にも漏らしちゃいけない。まあ、こんな条件くらい守れるよね？」

「仮にキャスパーさんの能力を聞き出したとして、その後はどうするつもりですか？」

「もちろん、実際にあいつと戦うのはこのあたし。あいつを徹底的に叩《たた》き潰《つぶ》したら、ポイントの何割かは与えてやるって条件でいい？」

ニーナは顎に手を添えて考え込む、フリをしてみる。

どちらにせよ、素直に要求を呑《の》むのはニーナ・スティングレイのイメージ戦略に反する。ここは一度挑発してみるべきだろう。

「随分と及び腰なんですね。そんなに彼が怖いんですか？」

「おかしなことは聞くなよ、スティングレイ。不確定要素を戦場に持ち込むなんて勇敢とは呼べない。そんなの、ただのバカがやることだ」

ニーナははっきりと戦慄を覚えた。

――この人には、隙がない。

それに、カレンは本質的に誰のことも信頼していないようだ。かつての自分も同じだったから、何となくわかる。

「……ちなみに、回答期限はいつまでですか？」

「明日の朝五時。同盟を結ぶ気があるなら、女子寮の裏にある林まで来い」

「同盟を断ればどうするつもりですか？」

「はっ、あたしに言わせるつもり？」カレンは飲み干した創作紅茶のカップを下に向け、犬歯を剥《む》き出《だ》しにして笑った。「あのバカの代わりに、あんたから磨《す》り潰《つぶ》してやるよ」

◆

「ううう……。どうしよう、ジン」

就寝時間後に寮を抜け出して体育倉庫《アジト》にやってくると、先に待ち構えていたニーナが泣きついてきた。

まだ制服を着ているということは、放課後は一度も寮に戻らずここにいたのだろうか。

「……わかったから、まず何があったか聞かせてくれる？」

ニーナがスパイになれと脅されていることを告げられると、ジンは傑作のジョークでも聞いたかのように笑った。

「そうか、向こうから仕掛けてきたか」

「な、何がおかしいの？」

「キャスパーが同盟を持ち掛けてきたときから、俺も考えてたんだよ。あいつと対立してるカレンに近付くなら、スパイになってやると伝えるのが一番だって。ニーナの威厳を落とさずに持ち掛ける方法を何パターンか考えてたけど、手間が省けた」

「ま、まさか引き受けるつもりなの？」

「当たり前じゃん。こんなチャンスは中々ないでしょ」

「で、でも」ニーナは不安そうに共犯者を見上げる。「もしキャスパーにこのことがバレたら、大変なことに……！」

「まだ認識が甘いなあ。警戒しなきゃいけないのはそれだけじゃない。あんたはこれから、カレンが〈羊飼いの犬〉なのかどうかも探らないといけないんだから」

「ううう……。なんか頭がこんがらがってきた……」

「よし、じゃあ状況を整理しよう」

ジンは人差し指を立てて説明を始める。

「まずは前提条件だ。俺たちは学園が隠している秘密を暴《あば》くため、学園長のスパイである〈羊飼いの犬〉を追っている。その有力候補が、キャスパーやカレンたち入学試験免除組だ。とはいえ、情報を探るためには奴《やつ》らに近付かなければならない。一人ずつとっ捕まえて尋問していく、なんてやり方はリスクが高すぎるからな。

だから俺たちは、何人もの生徒を巻き込む形で派手にベネットを倒し、学園側がマークしなければならない重要人物になった。こうすれば、俺たちが学園に害をなす存在なのか探るために〈羊飼いの犬〉の方から接触してくるようになる」

「それが、キャスパーとカレンってこと？」

「その可能性は高いね。だから、二人との関係性を深めつつ向こうが尻尾を出すのを狡猾《こうかつ》に待つ必要があるってこと。

キャスパーには同盟を組んでカレンを牽制《けんせい》すると言っておき、その裏ではカレンとも手を組んでキャスパーの特異能力の情報を報告する。そして、同時並行で二人が〈羊飼いの犬〉である証拠を探っていく……」

自分で言っていても足が竦《すく》んでしまいそうな話だ。

当然のごとくニーナは青い顔をしているが、口許《くちもと》には無意識の笑みが浮かんでいた。この頼もしい共犯者は、こんな状況でも胸を高鳴らせているのかもしれない。

まあ、本人にそれを言っても認めてはくれないだろうけれど。

「ニーナ。これから俺たちが挑むのは、最高難度の信用詐欺《コン・ゲーム》だ。ターゲットは二匹の怪物。どちらかに嘘《うそ》がバレれば一巻の終わり。学園に危険を及ぼす人物だと疑われてもゲームオーバー。俺の父親のように、拷問されて死ぬ未来が確定してしまう。……正直俺も、ここまで難しい仕事はやったことがないよ」

「勝算はあるの？」

「もちろん」

心から楽しそうな表情で、ジンは続ける。

「俺が脚本を書いてやる。演じるのはニーナ、あんただ。怪物たちの信用を勝ち取り、誰にも気付かれることなく情報を盗み出す——大丈夫、俺たちならやれるよ」

「……本当に、どうかしてるよ」

「はは、今更何言ってんの。そんなのお互い様でしょ？」

二人の眼窩《がんか》に嵌《は》まる漆黒と紺碧《こんぺき》が、互いの姿を正面から捉える。

これ以上、意見をすり合わせる必要などなかった。詐欺師が二人いて、魅力的な大仕事が目の前にあれば、回答は一つに収束する。

ニーナは観念したように息を吐くと、薄い色の唇を凶悪に歪《ゆが》ませた。

第三章 あくどい商売と秘密の特訓、不穏な気配はきらめく――

Lies, fraud, and psychic ability school

退屈な午後に、退屈な授業。

まともな学園生活を送ったことのないジンからしても、歴史学の基本的な講義には新鮮味が感じられなかった。

三〇年以上前の当時としても時代遅れの帝国主義によって、無目的に領土を拡大し続けていた愛《いと》しの我が国。やがて戦費が底を尽き、無謀に広がった前線を維持するのが困難になってくると、帝国は最先端の科学技術を誇る共和国に蹂躙《じゅうりん》され始める。

首都に投下された新型爆弾が無辜《むこ》の民を大量に殺したのをきっかけに、帝国の上層部はついに降伏文書にサインした。

「その一年後、失意に暮れる帝国に突如として出現したのが、お前たち特異能力者だ」

教官のルディは欠伸《あくび》を噛《か》み殺《ころ》しながら締めくくると、憂鬱な表情で教科書の次のページをめくった。

ここハイベルク国立特異能力者養成学校は、実戦に重きを置いた極端な競争社会だ。座学に力を入れていないのは仕方ないかもしれないが、誰でも知っている常識ばかりを延々と講義されるのは拷問に近い。そもそも、入学してからの一ヶ月半で、自分たちは特異能力者が現れてからの短い歴史しか学んでいないのだ。

それに、面倒臭そうに講義をしているルディは、ジンとニーナのよき協力者だ。毎月教官の前で能力の成長度合いを見せなければならない〈能力測定〉は、彼が報告書を改竄《かいざん》してくれるおかげでクリアできている。

従って、授業を真面目に受けなくても咎《とが》められることはない。

ジンは机に突っ伏して眠るフリをしながら、今朝盗聴した会話を思い返してみる。

カレンに同盟締結の返事をするために、ニーナは第一女子寮の裏の林に向かった。これから騙《だま》す相手の特徴を少しでも摑《つか》むため、ニーナに盗聴器を持たせていたのだ。

『……ちゃんと来たね、スティングレイ。返事を聞かせてくれる?』

芯の太さを感じさせる、はっきりとした口調。

一言目でいきなり本題に入ろうとすることも含めて、直情的で自己肯定感の強い人格が窺《うかが》い知《し》れる。交渉相手のことを頑《かたく》なにファミリーネームで呼んでいるのは、他者との間に線を引きたがる警戒心の表れだろう。最後まで一度も声は発していないが、ニーナによるとメイドのサティアも引き連れてきたようだ。

普通なら、こういうタイプは詐欺《ペテン》の標的にしない方がいい。

『同盟を組む前に、いくつか確認しておきたいことがあります』

事前に指示した通りに、ニーナは言った。

『ひとつは、キャスパーさんを倒した場合のポイントの分配方法について』

『実際に戦うのはあたしだから、三割もあげれば充分でしょ？』

常に相手よりも優位に立とうとするのは、闘争心の高さに紐《ひも》づいた性質。

『同盟の有効期間はいかがしましょう』

『もちろん、あのバカを潰すまで。そこで同盟は完全に白紙だ。次にあたしが狙うのは、あんたになるかもしれない』

『潔《いさぎよ》くていいですね。そのくらいの方が私も気が楽です』

いちいち相手を挑発しなければ気が済まないカレンの様子に、ジンは苦笑した。

とはいえ、ここまで念入りに牽制《けんせい》してくるということは——少なくとも同盟が破棄されるまでは裏切るつもりがないのだろうか。

『では、最後に一つだけ』

ここでジンは、ニーナに遅効性の毒薬を仕掛けさせた。

『今後、私と会う際は場所を指定させてください。周囲に人通りがなく、しかも遠くから望遠鏡で見張られる心配もない屋内。窓もない場所だと望ましいですね』

『もちろん同盟関係は誰にも知られちゃいけないけど……そこまでする必要は？』

『〈白の騎士団〉にいる兄たちの影響、ですかね。招かれざるネズミはどこにでも潜んでいるものなんですよ。……まあ、念のためです』

『言い分はわかったが、お前が指定した場所を使うのは気に食わないな。適当な場所をサティアに探させておくけど、それでいい？』

『……ええ、構いませんよ』

それで用件は終わったと言わんばかりに、カレンはメイドのサティアを連れてさっさとその場を立ち去ってしまった。

隠密《おんみつ》行動が求められるスパイがここまで好戦的な性格だということに違和感もあるが、裏を返せばそれも学園との繋《つな》がりを悟らせないための計算だと考えられる。普段からあちこちに因縁をつけて〈決闘《コンバット》〉をふっかけていれば、いざ学園の敵を排除するときにも余計な勘繰りをされることはないだろう。

そう考えると、今回の同盟は実に上手《うま》い手だ。言動が怪しいキャスパーを排除しつつ、同時並行でニーナに探りを入れることができるのだから。

とはいえ、ざらついた音声だけで把握できる情報は限られている。今あるカードだけでは、カレンが〈羊飼いの犬〉だと断定することは難しい。

この大仕事には、まだまだ時間がかかりそうだ。

「ジンくん。おはよっ、授業終わったよ？」

肩を叩《たた》いてきたエマに、ジンはあからさまに不機嫌な顔を向ける。

「別に寝てないよ。考えごとしてただけ」

「へー、なに考えてたの？」

「愛の素晴らしさとか命の尊さとか、たぶんそんな感じ」

「そんな真顔で言われても信じられないよ……」

「エマこそ、今日は珍しく神妙な顔してたよな？　何かあった？」

「えっ、よく気付いたね。実はさ、友達のケイトちゃんが退学になっちゃったんだって」

「嘘《うそ》だろ、それは驚いた」

我ながら、白々しい演技だと思う。

エマの隣で荷物をまとめているニーナも、呆《あき》れた視線をこちらに向けていた。

ケイトという少女の正体は、カツラやコンタクトレンズを使って変装したニーナ・スティングレイだ。情報操作などのために利用していただけの、仮の顔でしかない。

普段からニーナと一緒にいるエマですら気付けないレベルの変装技術と演技は驚異的だが、ケイトにはいつまでも存在してもらうわけにはいかない。

そもそもケイトは書類上存在しない生徒だし、ニーナがいるときは物理的に登場できないという制約があるためだ。クラスメイトの顔と名前が一致する時期が来ると必ずボロが出るので、自主退学したという噂《うわさ》を流しておくしかなかった。

もちろん、情報操作用の兵隊として「マーゴット」や「アリア」なども新たに用意しているが、念のためエマには会わせないようにしている。

「本当に厳しい場所だよね、この学園って……」

「別に、退学した生徒が不幸とは限らないでしょ。ここでの記憶を失えば民間の養成学校に編入できるみたいだし、〈白の騎士団〉の夢さえ諦めれば好待遇の仕事にありつける」

「そっか、そうだよね！　ケイトちゃん、元気にしてるといいな」

この子は本当に大丈夫なのだろうかと、流石《さすが》のジンも心配になってくる。

身体能力の強化という使い勝手のいい特異能力があるとはいえ、ここまで純粋だとハイベルク校でやっていくことは難しいかもしれない。

ふと、ジンはいつかニーナに言った台詞《せりふ》を思い出した。

——無害に見える詐欺師ほど、危険な存在はこの世にいない。

もしエマが〈羊飼いの犬〉で、こちらの危険度を探るために近付いてきているのなら、彼女は凄《すさ》まじい技量を持った詐欺師だと言える。

幼少期から人間不信を貫いてきたジンはもちろん、一流の役者であるニーナにも下手な演技は通用しないはずなのだ。

これだけ長い間一緒にいて、少しもボロを出さないなんてあり得るだろうか？

「……ところでエマ。どうして一人だけ体操着なの？」

「あ、時間割を明日と間違えたんだよ……！　ほら、明日って一限から体力訓練でしょ？」

「嘘《うそ》だろ、そんな古典的なミスある？」

「ジンくん、恥ずかしいから誰にも言わないでね」

「エマ、自分が何着てるか思い出してみたら？」

〈羊飼いの犬〉に求められるタスクから導いた人物像は、用意周到かつ慎重で、決して隙を見せない完璧主義者となっている。ニーナほどの化け物でもない限り、多少演技をしていても人間の本質というものは滲《にじ》み出《で》てくるものだ。

どう考えても、エマはそのプロファイルには当てはまらない。

――まあ、念のため警戒はし続けた方がいいか。

ジンは溜《た》め息《いき》を吐《つ》きつつ、逃げるように教室から出ていくエマに手を振った。

◆　二週間後　◆

育ての親のラスティとともにやった信用詐欺《コン・ゲーム》で、もっとも痛快だったのは当時上院議員だったクリストファー・ツォンをターゲットにした一件だろう。

妻と二人で別荘にやってきたツォンに、ラスティとジンは隣の別荘でバカンスをしている親子を装《よそお》って接近した。別荘の持ち主は外国に旅行中だったし、ラスティは成りすまし専門の業者から妻や飼い犬までレンタルしていたため、怪しまれることはありえない。

まずはツォンが日課のランニングをしている際に、偶然にも毎日すれ違って挨拶を交わすという展開を演出した。単純接触効果《ザイオンス》を狙った作戦で、何度も顔を合わせるうちにツォンは徐々に心を開いてくれるようになった。息子のジンも一緒にいたので、警戒心を解くのは実に簡単だった。

機が熟した頃、ラスティはツォンたちをホームパーティーに誘い、そこで自分が未来予知の特異能力者であることを打ち明けたのだ。

活用したのは、旧時代における〈霊能詐欺〉に近い手口。

いくつかのトリックを駆使して能力を信じ込ませることで、ラスティは無事に顧問契約を結ぶことに成功。その後の半年間でツォンの信頼を見事勝ち取り、相談料や諸々《もろもろ》の経費などの名目で合計二億エルもの大金を騙《だま》し取《と》った。

詐欺師の世界にも教科書というものがあれば、真っ先に掲載したいほど見事な仕事だと言えるだろう。

あの時、ラスティはテーブルの上に重ねた札束を叩《たた》きながら笑っていた。最近知り合った外国の友人から貰《もら》ったという高級酒の瓶を、たった一時間で空にしてしまうほどに上機嫌だったのを覚えている。

「どうしたジン、もっとガキらしく喜んだらどうだ？」

「あんたははしゃぎすぎ。詐欺師はどんなときも油断しちゃいけないんでしょ？」

「お前は何もわかってない」ラスティは子供をあやすような弛緩《しかん》した笑みを向けてきた。「デカい仕事に成功したときは、素直に喜んどけ。それも詐欺師の鉄則だ」

「それは、どんな理由で？」

「詐欺師ってのは、人々に希望を与えなきゃいけない職業だからだよ」

「はあ？」

一瞬だけ、ラスティの瞳が真剣な色を帯びた。

こういう時、彼はジンに大切なことを伝えようとしている。

「『こいつについて行けば夢を見られる』ってカモに思い込ませるためには、辛気臭《しんきくさ》い顔なんて厳禁なんだよ。常に自信満々で、世の中の全てが自分の味方についていると錯覚してるくらいが丁度いい。演技でも虚勢でもなく、心の底からそう思ってなきゃ駄目だ」

「なんかそれ、めちゃくちゃ難易度高くない？」

「だから今のうちに成功体験を積み重ねとけ。この二億エルも、お前の働きがなきゃ手に入らなかったんだぞ？」

「俺はただその場にいただけだよ」

「……いいかジン、もっと胸を張れ。俺たちは無敵だ」

どんな風に笑うべきかわからず、ジンはまだ飲めもしない酒に口をつけた。

全てが完璧な時間だった、と思う。

強烈な達成感に酔い、歓喜を全身で味わい、希望の光が狭い部屋いっぱいに満ちていた夜。

こんな幸福な夜が、いつまでも続いていくものだとジンは思っていた。

唯一の誤算は、心を許しすぎたツォンが政府の重要機密まで吐き出してしまったことだろう。

その結果としてラスティは〈白の騎士団〉に追われることとなり、ついには捕らえられて拷問の末に死亡してしまった。

——敵の懐《ふところ》に入り込み、信用を勝ち取る詐欺《ペテン》には想像を絶するリスクがある。

これからジンとニーナが挑む信用詐欺《コン・ゲーム》の難易度は、きっとあの時を遥《はる》かに凌《しの》ぐだろう。

ジンは体育倉庫《アジト》の奥に敷いたマットの上で寝転び、指先で偽造コインを弄ぶ。

ただベネットを罠《わな》にハメるだけでよかった前回とは違い、この一件には不確定要素が多すぎる。まずは慎重に立ち回り、勝利への道筋を探し出さなければ。


ニーナは、約束の時間の五分前に到着したようだ。

ジンが知り合いの業者に作らせた合鍵を使って扉を開ける音が響く。

「……尾行は？」

「大丈夫。言われた通り適当なルートを迂回《うかい》してきたけど、誰もついてきてなかったよ」

「よし、作戦会議を始めるか」

ジンは掃除道具の入ったロッカーを開け、中から竹箒《たけぼうき》を取り出す。無造作に置かれていた木箱を積み上げてそれに上ると、逆さに持った竹箒《たけぼうき》の柄で木板の天井を押し上げた。少しすると一メートル四方の板がガコッと外れ、何やら仕掛けが作動する音が天井裏で響く。少しすると、天井に空いた穴から縄梯子《なわばしご》が降りてきた。

「じゃあ、俺から先に上るね」

「ちょっ、ちょっと待って！」

こんな異常事態を見過ごすなんて、ニーナには到底不可能だった。

「い、いつの間にこんな改造を⁉　一応ここ、学園の施設だよ⁉」

「完成したのは昨晩。全然使われてない倉庫だし、どう使おうと勝手だろ」

「か、考えられない……！」

「隠し部屋でも用意しとかないと、偶然倉庫にやってきた誰かと鉢合わせるリスクは防げないじゃん。それに俺たちは〈羊飼いの犬〉にマークされてる可能性もあるだろ？　このくらいの対策は絶対に必要なの」

もし必要だったとしても、本当に実行してしまえるのはジンだけだろう。

恐らく〈造園業者〉のガスタたちに作らせたのだろうが、どれだけの費用がかかったのかは想像もしたくない。

「ほら、いつまでじっとしてんの。それとも高いところが怖い人？」

「ま、またそうやってバカにしてっ！」

ジンに続いて、ニーナも不安定な縄梯子《なわばしご》をどうにか上りきる。

上りきった先にどんな秘密基地が広がっているのかと思ったが、一目見た限りでは普通の屋根裏と何ら変わらなかった。

「あ、なんか拍子抜けしてるだろ」

「う、うん。大掛かりな仕掛けがあったにしては普通っていうか……」

「万が一誰かが入ってきたときに、明らかに怪しい空間だったら一発でアウトでしょ。必要な設備は、全部巧妙に隠してある」

ジンは制服のポケットから鉄製の定規を取り出し、床板の隙間に差し入れる。てこの要領で床板を外すと、隠されていた備品の数々が姿を現した。

「この屋根裏部屋には、こういう隠し収納がいくつかある。あとで場所を教えるから、変装道具とかもそこに隠しておくといいよ。寮の自室よりかは安全だ」

「わー便利……」

もはやニーナは、この状況を受け入れる態勢になっているようだ。彼女が一通り探索をしている間に、ジンは隠し収納から取り出した模造紙を壁に貼り付けていた。

模造紙には、人物の白黒写真や付箋紙などが整然と貼り付けられている。模造紙自体にもメモや矢印などの記号が書き込まれていた。これなら、複雑な作戦を視覚的に整理できそうだ。

「さて、ニーナ。ターゲットの二人と同盟を組んでから二週間が経ったわけだけど……進捗状況をまとめてみようか」

「……キャスパーとは、あの時と同じカフェで週に一回の定例会議を開いてるよ。ジンも盗聴器で聞いてた通り、有益な情報は全くないけど」

「見事に雑談しかしてないもんな……。わかったことと言えば、あいつの休日の趣味くらいか。まあ、突破口として利用できないでもないけど」

ジンは写真の横に付箋を張り付け、そこにキャスパーの趣味を箇条書きで記入していく。

「じゃあ次はカレンだけど……。あれから一度も接触できてないんだよな？」

「うん。〈決闘《コンバット》〉で忙しいみたいだから、実際のやり取りはメイドのサティアに代行させてる」

「サティアが重要人物、と」ジンはまた付箋を貼り付ける。

「ねえジン、今のところどっちが怪しいと思う？」

「まあ、両方かな。行動がいちいち不自然すぎるんだ」

ジンは予《あらかじ》め貼られていた付箋をペンで指しながら続ける。

「まずキャスパー。こいつからはずっと、無害な人間を演じている匂いがする。〈白の騎士団〉を目指してないってわざわざ公言してるのも、学園側の人間じゃないって信じ込ませるためのブラフ臭くない？　同盟を組む理由も明らかにニーナに接近するための口実だし、見境なく女子生徒にアプローチしてるのもスパイ活動の一環って見方ができる」

「そういえば、サティアにも手を出そうとしたって……」

「もし奴《やつ》が〈羊飼いの犬〉なら、学園で目立ちまくっているカレンをマークしておくのも自然に思えるな」

「あ、キャスパーの能力はまだ『不明』なんだ。ルディ先生には聞けなかったの？」

「キャスパーの希望で、〈能力測定〉の結果は担当教官以外には知らせないようになってるらしいんだよ。学園の上層部は知ってるだろうけど、流石《さすが》にそんな情報までは引っ張れない」

「えー、なんか特別扱いじゃん。怪しいなあ……。じゃあカレンの方は？　本人が全然接触してこないのはどう解釈すればいいんだろ」

「わざわざ接触して情報を引き出すのはリスクがあるんだよ。自分自身も特大の秘密を抱えてる〈羊飼いの犬〉なら尚更《なおさら》だ」

「あ、あと、カレンが同盟を組もうとしてきた理由もちょっと不自然だったよ」

「そうだよな。ああいう戦闘狂《バトルマニア》は、誰かと手を組もうと考えること自体が珍しい」

「うん、そんな風に策略を巡らすようなタイプには見えないよね」

「まあ、普段の立ち振る舞い自体が演技って可能性もあるけどね」

「そっか……ってあれ？」

模造紙に貼られたメモに気付いたニーナが、思わず声を上げる。

「サティアの特異能力って、もしかして……」

「ニーナの疑問は正しいよ。本来なら、ハイベルク校に入学できるレベルじゃない」

コップ一杯分の液体を自在に温めることができる〈不可解な熱源《ホットリミット》〉という能力。

沸騰寸前まで温めれば多少の攻撃力はあるかもしれないが、実戦に重きを置くハイベルク校では入学試験で足切りされてもおかしくない。ジンが参加させられた〈ふるい落とし試験《セレクション》〉にもいなかったというのは不自然だ。

「微妙な能力しかないメイドを強引にねじ込むだけ権力が、カレンの家にはあるってことだよ」

「ううう、こっちも怪しいね……」

「疑い出したらキリがないよ。とにかく今は、二人の信用を獲得して懐《ふところ》に入り込むことだけを考えた方がいい」

「と、ところでさ」ニーナは模造紙の端の方を凝視している。「なんでこの中に、エマの写真があるの……？」

「まあ、念のためだよ。別に本気で疑ってるわけじゃ……」

言葉の途中で、足元から床材が外れる音が響いた。

仕掛けが作動し、リールに巻かれた縄梯子《なわばしご》が下階に降ろされている。

ニーナは口を手で覆い、驚愕《きょうがく》に目を見開いていた。

「まさか、〈羊飼いの犬〉がこの場所を嗅ぎつけて……」

縄梯子《なわばしご》を上ってきたのは、三〇代前半ほどの優男。

金髪碧眼《へきがん》のどこにでもいそうな容姿をしているが、彼が身を包んでいるのは教官たちと同じ軍服だった――。

「ど、どうしようジン。これってヤバいんじゃ……」

「あー、大丈夫。この人も仕事仲間だから」

「……へあっ？」

縄梯子《なわばしご》を屋根裏に回収すると、教官の格好をした男は朗らかに笑いかけてきた。

「久しぶりだな、小さな天才詐欺師くん。直接会うのは五年ぶりか？」

「俺はもうガキじゃないよ、ヒースさん。それと、紛らわしい格好はやめてくれる？」

「部外者が敷地内《しきちない》を堂々と歩くわけにはいかないだろ？　教官に変装するのが一番」

「ちょっと、説明してくださいっ！　この人は……」

ようやく口を挟むことができたニーナに、ジンは淡々と説明する。

「腕利《うでき》きの探偵だよ、裏社会専門のね。前回、ベネットの素性を調べてくれたのもこの人」

「ま、またジンの怪しい人脈が発動した……」

「カレンとキャスパーの身辺調査を依頼してたんだけど、もう終わったの？」

探偵のヒースは懐《ふところ》から茶封筒を取り出して、ジンに投げ渡した。

「今回は途中報告。せっかく近くまで来たし、久しぶりにジンの顔でも見たくなってさ」

「あんたたち全員に言いたいけどさ、俺を親戚のガキか何かだと思ってる?」

「ラスティさんにくっついてたちっこいガキが、今じゃ帝国に喧嘩《けんか》を売る大悪党だ。立派に成長してんのか見に来たくなるのは当然だろ?」

かつてラスティと深い信頼関係で結ばれていた仕事仲間のうち何人かは、ジンの目的や〈羊飼いの犬〉の存在を知った上で、有償で協力してくれている。

〈造園業者〉のガスタもそうだが、恩人の息子だからといってタダで仕事を請け負わないのは、一流の詐欺師に成長したジンへのリスペクトの現れなのかもしれない。

「……で、調査結果は?」

むず痒《がゆ》さを隠すため本題に入ると、ヒースはようやく説明を始めた。

「キャスパー・クロフォードに関してはロクな情報がなかったな。そこに書いてある通りだけど、休みの日は女の子とデートするか、最近買ったギターを自室で弾いてるだけ。……で、面白いのはカレン・アシュビーの方だ」

「どんな情報を摑《つか》んだの?」

「カレンは休日になると必ず、学園のふもとにあるアッカスの街に繰り出している。そこで熱心に通っているのが、〈東方式呼吸法〉とやらを教えている道場だ」

「あの用心深そうな女が、そんな胡散臭《うさんくさ》い道場に？　ガセネタじゃなくて？」

否定的な目を向けるジンとは対照的に、ニーナは顎に手を添えて考え込んでいた。

「呼吸法、か……。確かにありえるかも」

「ニーナ、どういうこと？」

「強力な特異能力を発動するには、相当な集中力が必要になる場合もあるんだよ。ほら、私にもブローチを外すことで能力を解放できるって設定があるでしょ？　素早く集中力を最高レベルまで持っていくためには、特定のルーティーンを身体に覚え込ませるのが一番。それこそ、呼吸法なんて手軽でいいと思うよ」

長い間特異能力者を演じ続けてきたニーナは、特異能力の制御や応用などの知識も一通り修めている。この分野に関しては、ジンよりも明確に上と言えるだろう。

「ほら、カレンの特異能力は私の〈災禍の女王《メイルストロム》〉以上に制御が難しそうでしょ？　呼吸法の訓練をしてても不思議じゃないと思う」

「なるほどね……。じゃあその道場に潜入してカレンに接近すればいいのか」

ジンがその結論に至るのを待ち構えていたかのように、探偵は口の端を歪《ゆが》めた。

「そしてジン。耳寄り情報はもう一つある」

「へえ、聞かせてよ」

「その道場の師範代の本名は、ネイサン・アルコラズ」

それを聞いた途端、ジンは声を出して笑った。探偵も腹を抱えて笑っている。

何がそんなにおかしいのかわからないニーナは、訝《いぶか》しそうに二人を見ているしかない。

「ホント、なんて偶然だよ。ヒースさん、お手柄だ」

一通り笑い終わったあと、ジンは壁に貼られた模造紙に作戦の詳細を記入していった。

◇

「はあ……大丈夫かなあ……」

午後の陽射《ひざ》しを全身に浴びながら、ニーナは一人で土曜日の雑踏の中を歩いていた。

昨日、屋根裏の作戦会議室で、ジンは「ケイトに変装してから集合場所に来い」と指示してきた。

架空の人格を心身に溶け込ませ、赤毛で活発な性格のケイトが選びそうな服を厳選し、歩き方まで普段の自分と差別化している。今の姿を見て、その正体がニーナだと気付けるのはどこその天才詐欺師くらいだろう。

市場のある目抜き通りから離れると、辺り一帯は煉瓦造《れんがづく》りの住宅が立ち並ぶ閑静な区画になっていた。地図を見ながら五分ほど歩くと、ようやく目的地が見えてくる。

帝国では珍しい一階建ての木造建築。東方の伝統的な建物を模しているのだろう。

荘厳《そうごん》な雰囲気のある門の前に、共犯者のジンが立っていた。

「合言葉は？」

「『鞄《かばん》の中のレモン』。……ねえ、わざわざこんな確認いる？」

「あんたが別人にしか見えないから、こっちだって不安なの」

そう言われると、少しだけ誇らしい気分になってくる。顔に出さないように注意していると、ジンはどこかから取り出した小さな紙袋を渡してきた。

「……これは？」

「まあ、あれだよ。誕生日が近いだろ、ニーナ」

「やばっ、完全に忘れてた……って嘘《うそ》⁉　もしかしてプレゼントをくれたの⁉」

「……そんな大袈裟《おおげさ》なもんじゃない」

「ど、どうしたのジン？　中身が入れ替わっちゃった……？」

共犯者の思いもよらぬ行動に、顔が赤くなってしまうのを隠せない。どうにか気を紛らわすために紙袋を開けてみると、そこにはピンク色の液体で満たされた掌大《てのひらだい》の瓶が入っていた。

「こ、香水だ……」

「〈グロウ・シトラス〉って銘柄。なんか最近、学園で流行《はや》ってるだろ？　さっきたまたま市場で見かけたんだよ」

そう言えば、クラスや寮でもよく耳にする名前だ。柑橘系《かんきつけい》の爽やかな香りが特徴で、比較的安価で入手しやすいため使用している子も多い。

「ありがとう、ジン……。嬉《うれ》しい、すごく嬉《うれ》しい……！」

「まあその、匂いってのは人を識別する重要な要素の一つだろ？　これを付けておけば変装の精度も上がるし、何となく『ケイト』の性格にも合ってそうだし……」

「うん、早速使ってみるね！」

上機嫌で手首と項《うなじ》に香水をつけるニーナをどこか気恥ずかしそうに見た後、ジンはシャツの裾から針金を取り出した。今度はどんなサプライズを見せてくれるのだろうか。

ニーナの期待とは裏腹に、ジンは針金を器用に使って門の鍵をこじ開け始めてしまった。

「ちょっ、ちょっと待ってジン！」ニーナは一瞬で現実に引き戻される。「ご、強盗でもするつもり!?」

「しっ、声が大きい。まだ営業開始前だし、ちょっと強引にお邪魔するだけだよ」

「そんな風に言い換えても無駄だから！」

ニーナの制止も聞かず、ジンはどんどん先に進んでいく。

門の先にあった小さな庭園を横切り、道場の玄関扉を堂々と開け放った。

「何奴《なにやつ》っ！」

招かれざる訪問者を待ち構えていたのは、板張りの床の中央に立っている壮年の男だった。

線は細いが鍛え抜かれた肉体を白一色の道着に包み、敵意の籠った鋭い視線をこちらに向けてくる。今はニ、ニーナの演技を纏《まと》っていないので、あまりの迫力に気圧《けお》されてしまいそうだ。

「大丈夫だって。あんな奴《やつ》にビビらなくていい」

ヘラヘラと笑いながら、ジンは片手を挙げた。

「おー、ネイサンじゃん。久しぶり」

「な、何でその名を……」

身体を硬直させてしばらく考えた後、男は最悪の結論に行き着いたようだった。

「ま、まさかお前……ラスティのところの……」

第一印象の勢いはどこへやら、男は一目散に道場の隅にある裏口の扉へと走り出した。

ところが、全体重をかけて押してみても扉はびくともしない。

「う、嘘《うそ》だろ⁉　どうして開かないっ……！」

「ここにいるケイトの特異能力だよ。逃亡は諦めた方がいい」

もちろんニーナに心当たりなどはない。

ちょっとした嘘《うそ》にも入念な準備を怠らない詐欺師のことだ。恐らく彼はニーナと合流する前に道場の敷地《しきち》に忍び込み、木材か何かで裏口の扉を塞いでしまったのだろう。

「このクソガキ、異端者《フリークス》なんか連れて何の用だ……！」

「善良な市民として、ちょっと社会貢献でもしたくなってね」

「ま、まさか俺を警察に売るつもりか？」

「あー、それも一つの手だなあ。どうしようかな……」

「まっ、勘弁してくれ！　頼む、この通りだ！」

ネイサンは膝を畳んで座り込むと、床に頭を擦《なす》り付《つ》けて懇願してきた。

いつか読んだ本に書いていた気がする。これは東方の某国に伝わる伝統的な謝罪方法だ。

ひとまず、ケイトの演技を纏《まと》って聞いてみることにする。

「……ジン、こいつはいったい何者？」

「数年前まで大活躍してた〈異能詐欺師〉だよ」

「異能詐欺師？」

「特異能力者を装《よそお》った信用詐欺を専門にしてる小悪党ってこと。こいつは帝国中を飛び回りながら、『一般人を特異能力者に進化させる』って触れ込みで荒稼ぎしてた」

「で、こいつは何でこんなに怯《おび》えてんの？」

「たまたまターゲットが被《かぶ》って邪魔だったから、俺とラスティが潰しちゃった」

「お前らのせいで俺は全国指名手配だ！　おかげで整形までする羽目に……」

「随分と手術費をケチったみたいだね。せっかく男前だったのに、まるで面影がない」

「な、なあ見逃してくれよ！　今は真面目に商売やってんだ。過去がバレちまったら……」

「真面目な商売？　呼吸法なんて胡散臭《うさんくさ》い商材を扱ってるくせに？」

「ぐ、グレーゾーンを突いてる！　効能説明は全部曖昧な表現にしてるし、顧客も元から特異能力が使える相手だけだ！　効果が出ずに怪しまれることもない！」

「ジン、こいつ全然変わってないみたいだけど？」

「てめぇは黙ってろ異端者《フリークス》っ！　俺は今ジンさんと話してるんだよ！」

「いつの間にか敬称がついてる……」

いつも一緒にいるから麻痺《まひ》していたが、ジンがこれまで生きてきた世界はどうしようもない犯罪者たちの巣窟《そうくつ》なのだ。

幼少期からそんな環境で過ごしてきたのなら、ジンの異常な精神力にも頷《うなず》ける。

「ネイサン、もしも俺たちがうっかり口を滑らせて、あんたの正体をバラシちゃったらどうなると思う？」

「そ、そんなこと考えたくもない！」

「警察に追われるだけならまだいい方だ。それよりもさ、あんたが顧客にしてる特異能力者たちを怒らせる方がヤバくない？　あ、顧客にはあの有名なカレン・アシュビーまでいるんだっけ？　あーあ、間違いなく殺されちゃうだろうなあ……」

「お、俺はどうすれば」

狙い通りの台詞《せりふ》を引き出せたようだ。ジンは口の端を凶悪に吊《つ》り上《あ》げる。

「真面目な商売を続けたければ、ここにいるケイトを弟子に入れてくれ」

「そ、それだけ……？」

「そう、それだけ」ジンは腰を屈《かが》め、男と同じ目線になって告げた。「少なくとも、今のところはね」

ニーナの潜入任務は、その日の夜に始動した。

師範代のネイサンから無料でもらった道着に身を包み、緊張の面持ちでカレンが来るのを待つ。ネイサンによると本日の生徒はカレンだけ。つまり、二人きりでたっぷり親睦を深めるチャンスだということだ。

だが、もし自分の正体がニーナ・スティングレイだとバレたら大変なことになるだろう。最悪、その場で戦闘になって殺される可能性もある。

カレンの警戒心がどの程度のレベルなのかわからないうちは、疑われる要素を徹底的にそぎ落とさなければならない。髪で耳を隠すことが難しい今回は、以前のように小型無線でジンの助けを借りることもできないのだから。

——大丈夫、条件はしっかり整ってる。

ニーナは悪い考えを頭から振り払った。

この近くで待機しているジンが、この作戦の勝算を伝えてくれていたのだ。

「人は、学校や職場みたいなオフィシャルな場より、こういうプライベートな場で知り合った利害関係のない人間の方に心を許しやすいもんなんだ。学園で激しい生存競争の先頭に立ってるカレンなんかは特に」

「数ある人格の中からケイトを選んだのも理由がある。カレンみたいなタイプは、自分と対等な態度で話せる気の強い相手と相性がいい。でも立場まで対等だと闘争心を抱かれちゃうから、ケイトは民間の養成学校に通う弱小特異能力者、ということにする」

「しかも、こういう訓練を一緒にやるって行為は連帯感を生む。向こうが初対面の相手に対してどのくらいの警戒度でやってるのかはわからないけど、ニーナのスキルがあれば訓練が終わる頃にはだいぶ打ち解けられるはずだよ」

論理的な説明は、励ましの言葉を百個貰《もら》うよりも説得力がある。特異能力者などという不確かなものを相手にするのだから、ニーナは確かな根拠だけが欲しかった。

道場の前で、車が停《と》まる音が聴こえる。

あんな高級車を持っているのは、一部の大富豪くらいなものだ。案の定、黒塗りの車から降りてきたのは道着を着こなしたカレン・アシュビーだった。

「では、カレン様。二時間後にお迎えに上がりますので」

「うん、頼んだよ」

運転手らしき男とのやり取りを交わした後、カレンは堂々とした足取りで道場に足を踏み入れた。

「……師範代、その子は？」

訝《いぶか》しむような視線。

背筋を冷気が駆け抜けていくが、ニーナはどうにか堪えた。事前の打ち合わせ通りに、まずネイサンが説明してくれる。

「今日から呼吸法の鍛錬に参加することになった、ケイト・ランバートだ。ほら、自己紹介を」

「どうも、ケイトです」

適当に挨拶をしたあと、ニーナは一気に距離を詰めることにした。

「師範代から話は聞いてるよ。カレン……だっけ？　ハイベルク校の生徒って本当？」

「別に、あんたと慣れ合うつもりはない」

——やっぱり、一筋縄ではいかないか……。

ニーナはこっそりと拳を握りしめた。

これから世界を騙《だま》し通《とお》すには、相手の信頼を勝ち取って懐《ふところ》に入り込む詐欺師の技術は必須となる。こんなところで躓《つまず》いてはいられない。

「へえ、ストイックなんだねカレンって。それが強さの秘訣《ひけつ》？」

「だから、慣れ合う気はないって……」

「大丈夫、訓練が始まったらちゃんと集中するからさ。こう見えてオンオフの切り替えは得意なんだよね、私」

「……勝手にしろ」

氷が融《と》けるのはまだまだ先になりそうだが、完全な拒絶とまではいかないようだ。

今のところはこれで上出来。

ジンに学んだ詐欺《ペテン》の技術が役に立ったということだろう。

今ニーナが実践したのは、相手に気付かれないほど自然に論点をズラす〈スライド〉という手法。いつの間にかニーナは、カレンの「話しかけてくるな」という主張を無効化し、訓練の合間であれば話しかけてもいいという同意を勝ち取ってしまった。

もちろん、仕掛けたのはそれだけではない。

ニーナはカレンの親友だというサティアを徹底的に観察し、化粧の雰囲気や立ち振る舞いの癖などを不自然にならない程度に模倣《トレース》していた。人間は似たようなタイプの相手に好意を抱きやすいため、こういう細かい積み重ねによって深層心理レベルでカレンの警戒を解いていくことができる。

これで、下準備は済んだ。

ひとまずは、〈東方式呼吸法〉とやらの鍛錬に全力を尽くすことにしよう。

「ではさっき言った通り、頭の中でイメージをなぞっていくんだ」

異能詐欺師のネイサン——今はヤクモと名乗っている——が慎重に言葉を落としていく。

ニーナとカレンは二メートルほど離れて向かい合い、静かに集中力を高めていた。

「一〇秒かけて鼻から吸い込んだ空気を、へその下にある〈丹田《たんでん》〉に貯《た》めるイメージだ。そこはお前たちの力の源。大いなる力が体内を循環していくのを意識しながら、たっぷり二〇秒かけて息を吐き出していけ」

ネイサンの過去を知っているニーナからすると胡散臭《うさんくさ》いことこの上ないが、当のカレンは真剣そのものといった様子。

もしかしたら、意外と信じやすい性格なのかもしれない。

「今日はこれを一時間ずっと続けてもらう。いいか、呼吸法はただのきっかけにすぎない。精神の感度を高め、己の中で対話を繰り返すことで、お前たちの特異能力は研ぎ澄まされていくんだ。そのことを肝に銘じろ」

――これを、あと一時間も……。

インチキ商法であることを知っているニーナにとっては苦行でしかないが、そんな態度はおくびにも出してはならない。

己自身と真剣に向き合う振りをしながら、ニーナは薄目を開けて正面に立つカレンの様子を観察してみた。

今のカレンからは、暴力の気配などまるで感じられない。

新緑に包まれた湖畔のように、全てを許すような静けさが全身から溢《あふ》れ出《だ》している。

「ケイト、もっと集中しなよ」

「ご、ごめん」

カレンは完全に目を閉じているはずだ。

まさか、研ぎ澄まされた感覚がニーナの気の迷いを嗅ぎ取ったのだろうか。こんなインチキみたいな呼吸法で、カレンは本当に特異能力を更なる次元に到達させたとでも？

疑念を抱きつつ一時間をやり過ごしたときには、ニーナはすっかり疲れてしまっていた。

ずっと立ちっぱなしだったのもあるし、何より目の前のターゲットから感じる底知れない何かに打ちのめされてしまっていたのだ。

「師範代。少し、特異能力の調子を試してみてもよろしいですか？」

カレンがそう提案すると、師範代のネイサンは静かに道場の外に出た。巻き込まれてしまわないための配慮だろう。

自分も避難した方がいいのだろうかと、ニーナは迷う。

「……ケイト、呼吸法をやってみてどうだった？」

向こうから話しかけてくるとは予想していなかったので、少し驚いてしまう。

一時間も静かに向かい合っていたから、少しは警戒を解いてくれたのだろうか。

「うーん、まだ全然コツが摑《つか》めないって言うか……」

「ひたすら胡散臭《うさんくさ》いでしょ、これ」

「えっ？」

カレンは白い歯を見せて笑っていた。

こんな表情、学園では絶対に見せないはずだ。

「帝国中から人材が集まってるハイベルク校ですら、特異能力のメカニズムは解明できてない。普通に考えたら、あんな普通のおっさんが特異能力を強化できる呼吸法なんて発見できるはずがないよね」

「じ、じゃあカレンは、どうしてここに通ってんの……？」

学園での立ち振る舞いを見る限り、カレンは無駄なことを嫌う性格に見えた。

両親やメイドのサティアなどに勧められて道場に来たのだとしても、怪しいと判断したらすぐに切り捨てるはずだ。

「まあ、〈条件付け〉に丁度いいかと思ってさ」

「条件付け？」

「ベルを鳴らしてから餌を与え続けた犬が、ベルの音を聴いただけで唾液を垂らすようになった実験とか聞いたことない？」

「……あ、いつか授業で習った気がする」

「それと同じだよ。この呼吸法を集中しながら何度も繰り返せば、呼吸法を実践しただけで深い集中状態に入れるようになる。要するに、特異能力を強化するスイッチを自分で作ってるっ

ニカッ

て感じかな」

「じゃあ、この呼吸法もあながち間違いじゃないってことなんだ」

「まあ、あのおっさんはそこまで考えてないだろうけど」

相槌《あいづち》を打ちながら、ニーナは冷静に分析していた。

――つまり、これがカレンの本性ということだろう。

〈白の騎士団〉の候補生になるために学園では傍若無人な怪物を演じているが、利害関係のない相手に対しては面倒見のよさが発揮される。最初に警戒心を露《あら》わにしていたのは、どのスタンスを取るべきか迷っていたからだろう。

手強《てごわ》いな、とニーナは思った。

二つの人格を意識的に使い分けている嘘《うそ》つきは、詐欺師にとって相性の悪い相手だ。

「……だからこんな真面目に取り組んでたんだね、カレン」

「あたしの能力はとにかく制御が大変だからねー。なんやかんやで、ここに通い始めてから安定するようになってきた」

言い終わるのと同時に、カレンは瞑目《めいもく》して深く息を吸いこんだ。

強力な特異能力を持って生まれたことに慢心せず、カレンは貪欲に鍛錬を積み重ねている。

呼吸法と深い集中状態を結び付けるために、彼女はどれほどの時間を費やしてきたのだろう。

ニーナは素直に畏怖を抱いた。

「じゃあケイト、あたしの後ろに」

「え？　わ、わかった！」

カレンが突き出した掌《てのひら》の先に、一粒の光が生み出される。

目を凝らすと、歪《いびつ》な形状をした小さな結晶が見えた。

照明を反射して輝く結晶は凄《すさ》まじい速度で自己増殖を繰り返し、みるみるうちに人間の頭部ほどの大きさにまで膨れ上がっていく。

まともに視認できたのはそこまでだった。

結晶の増殖速度は急激に上昇し、ダムから大量の水が放流されるような勢いで一気に氾濫していく。結晶が結晶を生み出し、新たな結晶がまた別の結晶を生み出していく悪夢のような連鎖。ド派手に光り輝く奔流は、瞬《またた》く間に道場全体を埋め尽くしてしまった。

——こんなものに呑《の》み込《こ》まれたら、ひとたまりもない。

巨大な質量によって、人体など簡単に押し潰されてしまうだろう。しかも光の奔流の所々から鋭利な刃が生えているため、下敷きになるのを回避したところで身体をズタズタに引き裂かれてしまうことになる。

「や、やば……」

ニーナの口からは、演技を手放した感想が漏れてしまっていた。

自己増殖を続ける結晶を高速展開する〈陽気な葬儀屋《アンダーテイカー》〉という特異能力。

なぜそんな物騒な名前が付けられているのか、実物を見てようやく理解した。

増殖する結晶は全てを破壊し尽くす強力な武器であると同時に、カレンに歯向かった敵を葬《ほうむ》る美しい墓標にもなってしまうのだ。

「よし、今日も絶好調だ」

満足した表情を浮かべ、カレンは手の甲で口許《くちもと》を拭った。

際限なく増殖を続けていた結晶の動きが止まり、至る所から乾いた音が鳴り響く。そして次の瞬間には、道場を埋め尽くしていた結晶が崩壊を始め、次々と光の粒子へと変換されていった。

七色の光に埋め尽くされた世界で、超常現象を巻き起こした怪物が笑っている。

「す、凄《すご》いねカレン……。こんなの喰《く》らったらひとたまりもないよ」

「安心しなって。卒業するまでは、ハイベルク校の生徒以外には全力を出せないようにしてるし。……まあ、運悪く巻き込まれるのまでは防げないけど」

「……それも〈条件付け〉？」

「うん。そういう風に制約をつけとけば、学園で戦うときに出力を一瞬で最大まで上げられるからね。今じゃ、あの制服を見るだけで闘争心が込み上げてくるようになっちゃった」

「うわっ、別の学校でよかったー……」

苦笑いを浮かべる少女の演技を纏《まと》いながら、ニーナの脳内では焦燥が渦巻いていた。

——駄目だ。この人には……絶対に勝てない。

もしも、この信用詐欺《コン・ゲーム》が失敗に終わってしまったら。

自分が無害な妹弟子ではなく、ハイベルク校で覇権を争う仇敵《きゅうてき》であるとバレてしまったら。

ニーナに待っているのは、美しい墓標に押し潰されてしまう未来だけだ。

とはいえ、悪い想像ばかりしていても仕方がない。

ニーナは思考を切り替えて、本来の仕事に戻ることにした。

「あのさ。もしかしてカレンって、とんでもない優等生だったりする？」

「入学試験を免除されるくらいには。まあ、別に大したことじゃないよ」

「いやいや、あのハイベルク校だよ⁉ 私からしたら、入学試験を受けるだけでも考えられないのに……」

「じゃあ、ケイトの特異能力は戦闘向きじゃないんだ」

「うん。指を擦ると煙が出てくるってだけの、しょーもない能力。せめてもう少し出力を上げないと……何の役にも立たないよね」

化学薬品を使って指先から煙を出す〈手品〉は、ジンに教わって習得していた。

ハイベルク校が異常なだけで、このくらい微力な特異能力者はいくらでもいる。手品という文化が失われて久しい現在なら、ひとまず疑われることはないだろう。

不憫《ふびん》そうに見られることを覚悟していたが、カレンは真剣な表情をこちらに向けていた。

「……いや、特異能力なんて弱いに越したことはないよ」

もう少し掘れば、本音を引き出せるかもしれない。

ニーナは世間知らずな少女を演じてみた。

「でも、カレンみたいな力があったら〈白の騎士団〉にだってなれるかもしれない」

「……まさか、あんたも目指してるの？」

一瞬だけ、空気が質量を増した。

ジンがいつか言っていた。会話の中で相手が普段とは違う反応を見せた時——そこを辿《たど》っていけば、相手の秘密を探り当てることができるかもしれないと。

「はは、そんなわけないじゃん。だいたい、ハイベルク校に入らないと資格がないんでしょ？」

「そっか。ならよかった」

カレンは目を細めて笑うと、道場の外に避難している師範代を呼びに行ってしまった。

ニーナは今の笑顔の意味を考えてみる。一瞬前には、外に漏れた敵意を慌てて押し込めたような感覚もあった。

打ち解けた相手に牙を向けずに済んだことに安堵《あんど》したのだろうか。

それは彼女の本質が善の側にあることと同時に、少しでも目標の障壁になり得る相手は容赦なく排除するという強い意志の表れにも思える。

何が彼女をそこまでさせているのだろうか。

幼い頃からの夢、エリート意識、義務感、あるいは愛国心。学園長への忠誠が根底にある可能性もある。疑い出したらキリがないが、キャスパーよりは〈羊飼いの犬〉である可能性が高いように思えた。

――でも、もしカレンが潔白だとしたら？

いつか、キャスパーに接触した際にも湧き上がった疑問だ。カレンが純粋に〈白の騎士団〉を目指しているだけの少女だとしたら、自分は彼女の好意を踏みにじっているのではないか？

そんな罪を犯してしまえるほどの覚悟が、自分にはあるのだろうか？

罪の意識が足元から這《は》い上《あ》がってくるのを感じて、ニーナは必死に思考を切り替える。

師範代を引き連れて道場に戻ってきたターゲットをじっと観察しながら、ニーナはさらに距離を詰めるためのプランを脳内で組み立てることにした。

◆

向かいにある建物の屋上から、ジンは双眼鏡で道場内部の様子を観察していた。

エセ師範代のネイサンの厚意で道場の至る所に盗聴器を仕掛けているため、ニーナとカレンのやり取りは問題なく拾うことができている。

カレンとキャスパーの二人に信用詐欺《コン・ゲーム》を仕掛けると決めてから、実戦的な詐欺の技術を大急ぎで叩《たた》き込《こ》んできたが、ニーナはもう充分に使いこなしているようだ。

「優秀な詐欺師はもれなく一流の舞台役者になれる」とラスティはいつも豪語していたが、その逆もまた然りということだろう。

それにしても、この仕事の難易度は常軌を逸している。

普通の信用詐欺《コン・ゲーム》なら、入念な事前調査を重ねた上で騙しやすい相手をカモにするのが鉄則。今回のように相手を選ぶこともできず、おまけにこちらが最初から疑われている状況などありえない。ラスティがいたら、間違いなく「今すぐ撤退しろ」と言ってくるだろう。

ケイトに変装しなければ近付くこともできないカレンはもちろん、一見隙だらけに見えるキャスパーの方も手強《てごわ》い相手だ。

昨晩も、あの男は先の読めない一手を打ってきた。

ジンが屋根裏部屋《アジト》から帰ってくると、寮の自室の前に赤毛の少年がしゃがみ込んでいた。施錠《せじょう》された扉を強引に開けようと試みている不届き者は、ニーナにわかりやすすぎるアプローチをかけているキャスパー・クロフォードだ。

「……あー、俺の部屋になんか用？」

「てめえ、こんな時間にどこほっつき歩いてた。門限は過ぎてるんだぞ」

「現在進行形で門限を破ってるあんたに言われてもな」

「なぁんにもわかってねえなあ、てめえ。俺は愛のために動いてるからいいんだよ」

「……マジか、この人強引すぎない？」

「目当てはてめえじゃねえよっ！　なにドン引きしてんだ、殺すぞ！」

女子生徒を相手にする時とはまるで違う人格に、ジンは呆《あき》れるしかない。

この学園には、ろくでもない嘘《うそ》つきしかいないのだろうか？

「本来なら、恋敵のてめえなんざと顔を合わせるのも嫌なんだがな……」

「……いや、恋敵？」

ニーナとの関係を誰にどう思われようが構わないが、変に嫉妬されるのは困る。仮にも相手は入学試験を免除されるほどの怪物なので、無用な争いの種は潰しておきたい。何より、キャスパーと接触する口実が無くなってしまうのは避けたいところだ。

ここは一旦、この男を安心させておくべきだろう。

「なあ、あんたずっと勘違いしてない？　ニーナはただの友達だよ」

「あ？　俺を油断させようとしてんのか？」

「そんなわけないだろ……ってぜんぜん信じてないな」ジンは苦汁の決断を下した、という表情を作る。「……わかったよ。誰にも言わないって約束できる？」

咄嗟《とっさ》にでっち上げた偽《にせ》の理由だが、後でニーナと口裏を合わせればいい。

「ニーナと俺は幼馴染《おさななじみ》なんだよ。小学校の六年間、ずっと同じクラスだった」

「はあ？　そんなの初耳だぞ」

「だって誰にも言ってないし。こんなのバレたら、俺がコネで入学できたみたいな噂《うわさ》を流されて面倒だろ？　だからニーナも黙ってくれてるんだ」

「なんだ、そんなことだったのか……」

さっきまでの敵意が嘘《うそ》だったかのように、キャスパーは快活に笑った。

「そっかそっか、安心したよ。まあてめえなんかに負けるわけがねえのは明白だが、それでもライバルが減るのはいいことだ。……じゃあ、これからは俺の恋路を応援してくれよな」

「はいはい、応援する応援する」

「そんじゃ早速、ニーナちゃんの趣味を教えてくれ。デートに誘うための口実がほしくてさ」

溜《た》め息《いき》を吐《つ》きながら、ジンは頭の中で計算を組み立てる。

本当は自室で本を読むか演劇でも見に行っているのだろうが、そんな穏やかな趣味は〈災禍の女王《メイルストロム》〉としての人物像にはそぐわない。

それに、キャスパー用に前々から考えていた作戦もある。

「……なんか最近は、ナイフの収集にハマってるって聞いたな」

「おお、なんて刺激的な趣味……！」

「なんでも、この辺りには独創的なデザインのナイフばかり扱ってる専門店があるらしいんだよ。誘ったら食いつくんじゃない？」

「なるほどな。……まあ一応、礼は言っておく」

「いいよ別に」

この自分勝手な怪物にどこまで通用するのかは未知数だが、相手に貸しを作っておくのは詐欺の鉄則だ。〈返報性の原理〉というやつで、小さな貸しがいつか大きな見返りへと化けてくれる可能性がある。

キャスパーの懐《ふところ》に入り込むなら、この切り口が最も効果的だろう。

「じゃあ、お互いに頑張ろうな」

目の前に差し出された右手を、ジンは渋々握り返した。

傍《はた》から見たら友好的な一幕だが、キャスパーの目の奥はまるで笑っていない。

この男は隙だらけに見えて、肝心なところでは他者と一線を引いている。単なる男嫌い、というだけではないだろう。

恐らくこの男も、本質的には誰のことも信用していないのだ。

――こういう相手が一番厄介だな。

内心で苦々しく吐《は》き棄《す》てながら、ジンは遠ざかっていく後ろ姿を睨《にら》みつけた。

昨晩の記憶をさらっている内に、道場からニーナたちが出てきた。

ここから見る限り、二人の距離は赤の他人とは言えないくらいには縮まっているようだ。ケイトに扮《ふん》した共犯者が少し後ろを歩く形で、談笑しながら進んでいる。

少し前から道場の前に停《と》まっていた黒塗りの車から運転手が出てきて、恭《うやうや》しくカレンをエスコートしていた。

盗聴器で会話を聞く限り、カレンはこれから実家の社交パーティーに参加しなければならないらしい。金持ちとは多忙な生き物だ。

『じゃあね、カレン。また来週も来るよね？』

『さあ、気分次第』

カレンは素っ気ない返答とともに車に乗り込んだが、毎週欠かさず道場に通っているのは探偵のヒースから入手した情報で明らかになっている。

さっきカレンは、呼吸法を高度な集中状態に入るための〈条件付け〉に利用していると言っていた。自室でやればいいのにとも思ったが、もしかすると呼吸法を実行するたびに道場の風景や匂いなどといった情報を想起させる狙いがあるのかもしれない。師範代《ネイサン》は想像もしていないだろうが、このインチキ商法は実際に怪物の役に立っているようだ。

カレンを乗せた車が遠ざかったのを見計らって、ジンも道場へと向かった。

口止め料をネイサンに渡した後、実在しない少女の姿をした共犯者とともに夜の街へと歩き出す。最寄りのバス停までは人気のない住宅街を通るため、静寂の中に二人分の足音だけが良く響いた。

　こうして並んで歩いていると、ニーナの足取りが随分重くなっていることがわかる。赤毛のカツラと色付きのコンタクトレンズを外しても、まだ緊張感が途切れていないようだ。

「まあその、なんだ。お疲れ様、ニーナ」

「ほんっとに疲れたよ。こんなに長時間ケイトでいたことなかったし……」

「やっぱ、それなりにリスクもあるってことか」

　メソッド演技法。

　己自身を役に溶け込ませて、全く別の人格を作り上げる高等技術。演劇界では普通に使われている技術だが、ニーナはそれを自己洗脳に近い精度で実行することができる。

　前回ベネットを騙《だま》した際はニーナ本人をベースに価値基準や心の動きを調整していただけだが、全くの別人になりきるとなると消耗も激しくなるのだろう。

「でも、おかげでカレンとの距離を詰めることができただろ？」

「あくまでケイトとしてだけどね……」

「学園とは無関係の人間だからこそ話せることもある」

「でも、自分が学園長のスパイをやってるなんて重大な情報まで引き出せるのかな？」

「大丈夫だって。こっちは切り札も準備してるから」

「え、なにそれ」

「まだ明かせないなあ。とりあえずニーナは、信用詐欺《コン・ゲーム》に集中しててほしい」

「出た、ジンの秘密主義」

ニーナは口を尖《とが》らせるが、切り札の詳細を聞いてこようとはしなかった。共犯者として、ジンのことを信頼してくれている証拠だろう。

いつの間にか、二人は大通りまで辿《たど》り着《つ》いていた。バス停まであと少しとなったところで、ニーナが何かに気付いたようだ。

「あ、あの看板」

指を差した先には、金髪碧眼《へきがん》の美女が描かれた巨大な屋外広告があった。艶《なま》めかしい微笑を浮かべた美女は、その手にピンク色の小瓶を持っている。

「さっきくれた香水のやつだよね。〈グロウ・シトラス〉だっけ」

「そうそう。あの看板を見て思いついたんだよ」

「……ありがとうね、ジン。絶対にお返しするから」

「別に大丈夫だよ。てか、自分の誕生日なんて知らないし」

「え、そんなことある？」

「ほら、俺って物心ついた時にはもう路上生活してただろ？　もちろん偽装した身分証には一〇月一三日って書いてあるけど、特に思い入れのない一日だよ」

「……だったら、これからその日を大切な一日にしようよ」

勇気を振り絞るような口調で、ニーナは続ける。

「私が盛大に祝ってあげるから。ジン、覚悟しててね？」

「……まあ、その日まで生き残れてたら」

少しだけむず痒《がゆ》い感情を覚えて、ジンは頬を掻《か》く。

何を言ってもすべて不正解な気がして、お互いに沈黙に身を預けるしかない。しばらく歩くとバス停が見えてきたので、ジンは強引に話題を変えることにした。

「話変わるけど、ニーナ。明日も重要な仕事を任せていい？」

「……まさか、キャスパーの方？」

ニーナは露骨に嫌な顔そうな顔をしたが、構わず続ける。

「明日の朝、あいつはニーナをデートに誘ってくる」

「で、デート!?」

「ニーナは日曜の朝に女子寮の周りを散歩してるって情報を向こうに渡したから、偶然を装《よそお》って接触してくるはずだ。向こうが話しかけてきたら、この紙に書いてある店に行きたいと伝えてくれ」

「……その、ジンは乗り気なの？」

「まあ、せっかくのチャンスだしな」

「そっか……そうだよね」

ジンが手渡した紙には、ナイフ専門店などという危険な施設の住所が書かれていた。

ニーナがざっと目を通したのを確認して、計画を告げる。

「カレンから同盟を持ち掛けられたときの条件は覚えてる？　向こうはニーナに、キャスパーの特異能力を調べるように要求してきた。それに俺たちとしても、これから騙《だま》す相手の能力くらいは知っておきたい。……で、デート当日に使う仕込みを考えてみた」

「また悪い顔を……」

「ここら一帯を拠点にしてる弱小強盗団がいてね。そこのリーダーと通じてる情報屋が偶然にも俺の知り合い――というかヒースさんなんだよ。で、あの人にお願いして耳寄りの情報を連中に流してもらった」

「まさか、その人たちに店を襲わせるつもり？　キャスパーに能力を使わせるために……」

「もちろん店も偽物《にせもの》だよ。いつか何かに使えると思って、長らく買い手の付かなかった店舗跡をガスタさんたちに頼んで改修させてたんだ。今は急ピッチでナイフを棚に並べてもらってる。店員もガスタさんの部下にやらせるから、安全対策はバッチリ」

「なら安心……とはならないよ！」

目的のためなら犯罪者すらも駒として使うジンは、明らかに常軌を逸している。

そのくらい自覚しているが、ニーナにはそろそろ慣れてもらうしかない。

何より彼女には、これ以上反論できる体力なんて残っていないはずだ。

「……で、その時私は何をすればいいの？」

「あー、何もしなくていいよ」

ジンは口の端を愉快そうに歪《ゆが》めた。

「お手並みを拝見しますとか、弱い人には興味ありません的なことを言って、強盗への対処をキャスパーに任せるんだよ。あいつはニーナに良いところを見せたいと思ってるだろうし、間違いなく特異能力を使うはずだ」

「なんか私、凄《すご》く性格が悪い子だと思われない？」

「ああいうタイプは、好き勝手に振り回してくる相手にこそ熱中するもんなの。だからニーナには、とことん魔性の女を演じて欲しい。あいつを惚《ほ》れさせるつもりでさ」

「ほ、惚《ほ》れ……？」

それを聞いたニーナの横顔に、一瞬だけ深い陰影が浮かび上がる。

ジンはその変化を見逃さなかった。

「……あれ、気が乗らない？」

「ううん、そんなことないよ。計画のためには仕方ないよね」

「あいつを惚《ほ》れさせておけば、いつか重大な情報を話してくれるかもしれないし……って、やっぱちょっと怒ってるだろ」

「別に怒ってないよ」

非の打ち所がない、完璧な笑顔。

穏やかな表情で武装していても、ニーナが何かを隠しているのは見て取れた。

「……まあ、別に色仕掛《いろじか》けをしろとまで要求してるわけじゃないから」

「気を遣わなくても大丈夫」

「じゃあ何に怒って……」

「ジン」完璧な笑顔のまま、ニーナが距離を詰めてくる。「やっぱり、一発だけ殴らせて」

「ええ!?」

掌《てのひら》が頬を正確に捉え、乾いた音が夜気を渡っていく。

「……何なんだよ、ホント」

熱を持った頬を押さえて呆然《ぼうぜん》とするジンをよそに、満足した様子のニーナはスキップでもしそうな勢いでバス停へと歩いていった。

＊

街灯もない夜道を寮に向かって歩きながら、彼女は思索を巡らせていた。

職業柄、暗闇の中を歩くことに抵抗はない。むしろ、思考の海に潜っていくためには視覚がもたらす情報など不必要だ。

彼女が考えているのは、学園を脅《おびや》かしかねない不安要素について。

これまでに入手した諸々《もろもろ》の情報を統合すれば、学園に厄介なネズミが紛れ込んでいることに疑いの余地はない。怪しい人物も何人かいる。あとは、ネズミを特定できる証拠さえ見つけ出せばいい。

遠くの方に何者かの気配を感じて、彼女は近くの茂みに身を隠す。

目を凝らしてみると、偶然にも容疑者のうちの二人が連れ立って歩いていた。今まさに何かの用事を終えて学園に帰ってきたという様子だ。

ニーナ・スティングレイと、ジン・キリハラ。

実際、彼らの動きが不可解なのは確かだった。

入学早々にベネット・ロアーを陥落させたくせに、それ以降の〈決闘《コンバット》〉の回数は極めて少ない。戦いを避けているようにすら見える。

〈災禍の女王《メイルストロム》〉とも称される強力なサイコキネシスを持つニーナと、特異能力を無効化できるジンからすれば、やや消極的すぎるのではないか？　二人が何か他の目的のために暗躍していると考えるのは飛躍しすぎだろうか？

——どうする？　もう始末するか？

具体的な奇襲のイメージまで組み立てたが、彼女は冷静さを失っていなかった。

やるなら証拠が出揃《でそろ》ってからだ。

彼女の目的は学園の秩序と秘密を守ることであって、目障《めざわ》りな相手を片っ端から排除することではない。

どちらにせよ、学園長のジルウィル・ウィーザーは多忙な人だ。

〈白の騎士団〉にも所属する彼は、帝国内に紛れた各国のスパイたちの駆除活動に勤《いそ》しんでいると聞く。中途半端《ちゅうとはんぱ》な状態で報告を上げて、手を煩わせるわけにはいかないだろう。

仮にネズミの正体が別にいたとしても、確実に探し出して仕留める自信が彼女にはあった。

――大丈夫、時間はたっぷりある。

長期戦になれば、秘密を隠している者たちはいずれボロを出すだろう。

夜に溶け込む捕食者のような鋭い目で、彼女は二人の背中を追いかけ続けた。

第四章　路地裏の寸劇、マジックアワーの襲撃

待ち合わせていたバス停の前に現れたキャスパーは、迂闊《うかつ》に直視できないほど気合の入った格好をしていた。

まず、身につけているアクセサリーの数が尋常ではない。引き算という概念を知らないのか、両手首やそれに続く計一〇本の指全てに銀色の輪が嵌《は》まっている。服装も黒一色で統一されており、ニーナには黒魔術の儀式でもするつもりにしか見えなかった。

「随分、個性的な格好ですね……」

「そうかなぁ？　今日はわりと控え目にしたつもりなんだけど」

もちろんキャスパーは皮肉に気付くはずもなく、なぜか謙遜するように笑うだけだった。

寮の周りを散歩していたところに声をかけられ、デートに誘われたのは今日の朝八時頃。集合まで三時間も空いたのは、服装を吟味していたからなのかもしれない。

前回と同じように、ニーナは耳に挿した小型無線から飛んでくる指示に従って動くことになっている。だがジンは例のナイフ専門店で待機しているので、市街地へ向かうバスの中までは

電波が届かない。

つまり、バスでの会話は彼女自身の判断で対応しなければならないことになる。

「てかごめんね、ニーナちゃん。当日にいきなり誘うなんて本当はよくないよね……」

「いえ、どうせ今日は暇でしたし」

本当は昨日の疲労を癒《いや》すために一日中寝ていたかったが、これも重要な仕事なので仕方ない。

そもそもデート自体乗り気ではないが、ジンがここまで準備を整えている以上、勝手に降りるわけにはいかないだろう。

——あ、初めてバスに乗ったときは隣にジンがいたなあ……。

ふと浮かんできた記憶を、ニーナは頭の中から振り払う。

駄目だ。今は仕事に集中しないと。

「ところでキャスパーさん、なぜギターケースなんか抱えてるんですか？」

「え、前回約束したじゃん。ニーナちゃんの素晴らしさを歌にしてみるって。まだ初心者だけど、この情熱だけは伝わると思うんだ」

「……もし本気で歌おうとしたら、私は全力で帰りますからね」

——どこまで真剣なのかわかんないな、この人。

ジンからは警戒を怠るなと念押しされているが、こうして話していると彼が〈羊飼いの犬〉である可能性は低いように思える。

「そういえば、ニーナちゃんの家族には〈白の騎士団〉のメンバーがいるんだよね？」

そんな角度からも質問が飛んでくるとは。

ニーナは今一度緊張感のスイッチを入れ直した。

「……ええ、二人の兄が所属しています。前に言いましたたっけ」

「新聞記事か何かで読んだんだけどさ、具体的な仕事内容は家族にも内緒ってのはホント？」

「ああいう仕事ですから、守秘義務は確かにあるみたいですね。どこに他国のスパイが紛れているかもわかりませんし」

「家族にも本心を話せないって、結構大変だろうなー……」

そう言ったキャスパーの横顔からは、うまく感情を読み取ることができなかった。

少なくとも、そこに演技の痕跡は見当たらない。本当に、何でもない世間話の一環として今の話題を振ってきたのだろうか。

会話はすぐに別の方向に移ったが、バスが目的地に到着するまで違和感は拭いきれなかった。

バスを降り、路面店が並ぶ市街地をしばらく進む。昨晩必死に覚えた道順を辿《たど》っていくと、寂れた路地裏に目当ての店舗が見えた。

洒落《しやれ》た書体で〈ウェイツ＆ピート刃物店〉と書かれた看板は、一晩で仕上げたとは思えないクオリティだった。何度か会った〈造園業者〉のガスタは粗暴そうな見た目をしていたが、仕事振り自体は驚くほど繊細なので不思議だ。やる気のなさそうな店員――以前学園に落とし穴を作った際にも見た顔だ――はガスタが最も信頼している部下の一人で、ニーナたちの事情も知っているらしい。

とにかく、ここまで来れば小型無線の電波も届く。

耳元で聴こえるノイズ混じりの指示に、ニーナは意識を集中させた。

『ニーナ、声が聴こえてたら首を左に傾けてくれ。……よし。段取りを再確認するか』

意外と広い店内に入り、ナイフをうっとりと眺める演技をしながら耳を傾ける。

『今から五分後。カウンターの店員が交代するタイミングを狙って、男三人が店内に入ってくる。そのうち一人は拳銃を持ってるけど、まあ安心していいよ。

奴《やつ》らに銃を売ったヒースさんが、事前に細工して弾が出ないようにしてくれてるんだ。試し撃ちで銃弾を消費する余裕もない弱小だから、トリックには全然気付いてない』

ジンはカウンター裏の隠し扉の向こうから、こちらの様子を伺っているはずだ。

ニーナとしては、共犯者のくれた情報を信頼するしかない。

『二人が店員と客を脅してる間に、残りの一人が木箱に入った最高級品を探すのがやつらの計画。あとは、ニーナが上手《うま》い具合にキャスパーを唆《そそのか》してくれ。特異能力の正体がわかれば、ひとまず今日の目的は達成だ』

了解の意を示すため、ニーナは耳元を軽く叩《たた》いた。

これから店内で繰り広げられる寸劇など知る由《よし》もないキャスパーは、子供のように目を輝かせながら陳列されたナイフを眺めている。

「へえ、こんなにたくさん種類があったんだね」

襲撃の時間まではあと少しあるので、話を繋《つな》いでおくことにした。

「ええ。ナイフというと物騒なイメージを持たれがちですが、実は芸術的に優れたものも多いんです」

「うん、ニーナちゃんがハマるのも分かる気がする」

「ほら、これなんてどうですか？　柄の部分に蛇が巻き付いているデザインで、とっても使いにくそうでしょう？」

「たしかに、これじゃ料理なんてできなさそうだ」

「芸術性と実用性は相性が悪いんですよ。ほら、この刃渡りが異常に長いものも――」

「全員手を挙げろっ！」

予定より二分ほど早く現れた襲撃者が、声を荒らげた。

三人は黒い目出し帽で顔を隠し、もっとも背の高い男は拳銃を握りしめている。

事前に考えてきた台本通りに、ニーナは呟《つぶや》いた。

「……キャスパーさん。どうやら私たちは不運に巻き込まれたようです」

「みたいだね、ニーナちゃん。どうしようか」

簡単に降伏した店員とは裏腹に、二人は余裕の表情を崩さない。

異常事態を察したリーダー格の男が詰め寄ってきた。

「何を勝手に話してんだ、てめえらっ！」

「だって、俺たちデート中だし」

「状況が見えてねえのか⁉　こっちは銃を持ってんだぞ⁉」

危険はないと知っていながらも、流石《さすが》にこの状況は身が竦《すく》みそうになる。ニーナは逃げ出したい衝動を必死に抑えて笑った。

「あはは、私をそんなものでどうにかできるとお思いですか？」

困ったように笑いながら、キャスパーは強盗の肩を軽く叩《たた》く。

「ニーナちゃん、どうやら本気で思ってるみたいだよ」

「ま、まさかてめえら、異端者《フリークス》なんじゃ……」

キャスパーの方は、拳銃に細工が施されていることを知らないはずだ。それなのにこんな態度を取れるなんて、明らかに常軌を逸している。

『よしニーナ、キャスパーをけしかけろ』

「……どうしました？　そんなに手元が震えていたら照準が合わないじゃないですか」

咳払《せきばら》いを一つ落としてから、ニーナはキャスパーに目を向けた。

「ところでキャスパーさん。私はこう見えて平和主義者なので、いくら強盗でも人間をむやみに惨殺《ざんさつ》したくはありません」

「そっか、ニーナちゃんは優しいね……」

「そして私は、あなたの実力を疑問視しています。いくら同盟が形だけのものだとしても、あなたの特異能力がカレンさんに遠く及ばないのであれば私にメリットはないですから」

「……あれ、ちょっと待って？　ニーナちゃん、なんか後光が射《さ》してない？」

「あの、話聞いてます？」

「はは、わかってるって」キャスパーは軽快に笑った。「この迷惑な人たちを、ちょっと捻《ひね》り潰《つぶ》してやればいいんでしょ？」

殺意の炎が、赤毛の隙間から覗《のぞ》く瞳に灯《とも》る。

キャスパーは徐《おもむろ》に右手を持ち上げると、広げた掌《てのひら》を強盗の顔の前に突き出した。

質量を持った空気を握り潰すように、五指がゆっくりと閉じられていく。すると、強盗の男は急に苦悶《くもん》の声を上げ始めた。腰を抜かした男は情けなく後退《あとずさ》り、恐ろしい何かを見るような目をキャスパーに向けている。

「お、お前それ……」

「目を逸《そ》らすなよ、しっかり見ろ。自分の死因を知れる幸運を噛《か》み締《し》めろ」

「ひっ、この化け物……！」

角度の問題なのか、何が起きているのかはわからない。一瞬のことだったからか、駆けつけてきた残り二人の強盗にもわかっていないようだった。

――だけど、あの右手に何かがあるのは間違いない。

「警告は今のでラストだからな」

怯《おび》える男たちにゆっくり近づきながら、キャスパーは冷酷に告げる。

「ぶっ殺されたくなきゃ一〇秒以内に消えろ。ほら一〇、九、八……あーくそっ、数えるのにも飽きてきたな。はい、あと三秒に変更。三、二……」

怯《おび》えきった男は、まだ事の重大さに気付いていない様子の仲間たちを怒鳴りつける。

「にっ、逃げるぞお前らっ！　こいつはイカレてる……！」

「ほら、急げ急げ。もう二度と俺のデートを邪魔すんじゃねえぞ！」

腰を抜かして立ち上がれない仲間を二人がかりで抱えて、強盗たちは一目散に逃げ出してしまった。

――威嚇だけで相手を退けられるのは、本当の強者だけだ。

それも、ニーナのように悪い評判と演技を掛け合わせただけのハッタリではない。強盗の男は、明らかに何かを見て恐怖を覚えていた。

強盗があれほどまでに怯《おび》えるほど凶悪で、なおかつ危険性を一瞬で理解できるもの――キャスパーは、特異能力でいったい何を生み出したのだろうか。

目の前で特異能力を使わせたというのに、ニーナは何一つヒントを掴《つか》むことができていない。

これでは、茶番劇に費やした時間もお金も全部水の泡だ。

『能力の正体は見えなかったな。しょうがない、プランBだ』

ニーナは慌てて思考を切り替えた。

キャスパーの特異能力を見定めるのは、あくまでカレンとの同盟関係を維持するための手立てでしかない。だから、ここで肩を落としている場合ではないのだ。

ニーナたちにとって真に重要なのは、キャスパーが〈羊飼いの犬〉かもしれないという疑惑の答えを探ること。元々、今回の計画は二段構えだった。

「どうします、キャスパーさん？　警察が来て面倒なことになる前に、どこかの店に入って仕切り直しましょうか」

ジンによると、非日常的な危機をともに乗り越えたという経験は心理的な壁を取り払うきっかけになるらしい。気が緩んだタイミングを狙えば、キャスパーが学園長と繋《つな》がっている気配を探り当てることができるかもしれない。

だが、肝心のキャスパーは気まずそうな顔をして頭を掻《か》いていた。

『なーんか反応が悪いな。ニーナ、もう一押し』

「……どうしました？　早く出ましょうよ」

「あー、ちょっと待っててね」

キャスパーは気の抜けた笑みを浮かべたまま、ニーナに背中を向けて店の奥へと歩き始めた。

あまりにも自然な動作だったので、ニーナはこれが緊急事態だとすぐに察することができなかった。

——ちょっと待って、店の奥にはジンが……。

キャスパーを引き留めるための口実を必死に練り上げるが、間に合いそうもない。

焦燥に駆り立てられて鼓動が速くなり、上手に呼吸することも難しくなる。天井の隅から、黒い霧のような絶望が染み出《し》して《だ》くる錯覚すら生じた。

「さっきから、なーんか気配を感じるんだよなあ」

店員の制止も聞かず、キャスパーはカウンターの奥の壁に手を伸ばす。

「ねえ店員さん。ここ、絶対隠し扉でしょ」

キャスパーが煉瓦《れんが》の壁を押すと、壁の中に長方形の輪郭が浮かび上がる。長方形の短辺には金属製の軸が通されており、それを中心にして隠し扉が回転する仕組みだった。

キャスパーは秘宝を見つけ出した探検家のように笑うと、奥にある殺風景な事務所へと入っていく。

この窮地を、どんな言い訳で切り抜けようか。

——ジンがバイトとして雇われていることにする？

いや、ハイベルク校の生徒には毎月補助金が支給されているのに、それは不自然すぎる。

——自分は何も知らなかったと言い張ってみる？

いや、ただでさえジンとニーナの関係性を疑っているキャスパーは欺けないだろう。

どの選択肢の先にも地獄しか待っていないことを思い知り、ニーナは暗澹《あんたん》たる気持ちになった。

これで信用詐欺《コン・ゲーム》は終わりだ。

もしキャスパーが〈羊飼いの犬〉なら、二人の詐欺師は学園を追われ、そのまま闇に葬《ほうむ》られることになる。

「…………あれっ？」

しかし、ニーナの悪い想像は即座に否定された。

隠し扉の向こう——ジンが隠れていたはずの部屋は、完全にもぬけの殻になっていたのだ。

極めて簡素な事務机が二つ並んでいるだけで、人の気配はまるでない。

「おかしいな、確かに気配はあったんだけど」

「……キャスパーさん、もうやめましょう。店員さんに失礼ですよ」

「あっ！　ごごごめんねニーナちゃん！　そんなつもりはなかったんだ！」

店員にも過剰なほどの謝罪を述べつつ、キャスパーが頭を下げてくる。冷や汗までかいているので、どうやら本当に反省しているようだ。

『……ニーナ、今日は切り上げよう』

ジンの声が耳元から聴こえて、思わず声を上げそうになる。

ジンなら隠し部屋にもさらに秘密の抜け穴を用意するくらいやりそうだ。何にせよ、彼が無事ならよかった。

ニーナは見せつけるように溜め息《たいき》を吐《つ》き、声のトーンも一段階落として言った。

「今日のところは、もう解散にしましょうか」

「ちょっと、俺はまだ一〇通りのデートプランを隠し持って……」

「それはまたの機会に。ではさようなら」

「ああ待ってニーナちゃん！　ごめんってえええっ！」

得体の知れない相手に背を向ける恐怖を押し隠して、ニーナは雑踏の中へと歩き去っていく。

キャスパーはしばらくの間情けない叫び声を上げていたが、追いかけてこようとまではしなかった。

◆

ジンは服についた土埃《つちぼこり》を払いながら、ナイフ専門店の前で呆然《ぼうぜん》とするキャスパーを観察していた。

奴《やつ》がどうやって隠し扉の存在に気付いたのかはわからないが、もしもの場合に備えて逃げ道を用意していたので問題はない。事務机の下の床を取り外すと、大人の男がギリギリ入れる程度の穴が露出する仕組みをガスタに作らせていたのだ。

本当は別の場所に通じるトンネルを用意させたかったが、今回は流石《さすが》に工期が短すぎた。身体を丸めて穴に隠れることができただけでも及第点だろう。

キャスパーはしばらく虚空《こくう》を見つめていたが、少しすると諦めたのかトボトボと街の中へと歩き始めた。

バス停とは反対方向。

いったいどこを目指しているのだろうか。

「……ニーナは先に帰っててくれる？　俺はちょっと尾行してみるから」

小型無線の電源を切り、ジンは遠ざかっていく背中を追いかけた。

キャスパーは全財産を失ったかのような意気消沈っぷりで、通りすがる人々に迷惑がられるほど緩慢に歩いている。それだけ今回のデートに懸けていたということだろうか。

いや、表面だけを見て推測するのは危険だ。

隠し扉を一発で見抜く洞察力。

最後の最後で他者と一線を引く慎重さ。

キャスパーを取るに足らない相手と判断するには、懸念《けねん》材料があまりに多すぎる。

一定の距離を保って尾行している内に、キャスパーは人気のない裏路地に入っていった。

大通りとは明らかに空気の質感が違う。

壁の至る所には落書き。路上に転がるゴミが悪臭を撒《ま》き散《ち》らしている。近くの建物で改修工事が行われているのか、建物の輪郭からはみ出した鉄骨が路上に無数の影を落とし、単管足場が組み立てられる音が警報のように鳴り響いている。キャスパーの背中から漂う哀愁はますます濃くなり、彼が地面に落とす影まで周囲より少し暗くなっているように見えた。

こんな空気の澱《よど》んだ通りに、いったいどんな用事があるというのだろう。いくつか可能性を検討してみるが、どれも愉快な答えとは言えなかった。

念のため、ジンは警戒のレベルをもう一段階引き上げた。

深呼吸をして、意識の糸を爪先まで伸ばし、どんな状況にも対応できるよう集中を整える。

――背後から肩を叩《たた》かれたのは、まさにその瞬間だった。

弾《はじ》かれたように振り向くと、そこには薄い笑みを携えたキャスパー・クロフォードが立っていた。ついさっきまで追いかけていたはずの後ろ姿は、夢か幻のように消《き》え失《う》せている。

「……誰かと思ったらてめえかよ」

カン、カン、カン、カン。

工事現場から聴こえる音が、心臓の鼓動と重なっていく。

「最近は帝国も物騒だから、不必要に警戒しちゃったじゃねえか」

不意に太陽が雲に遮られ、目の前の相手の表情が読めなくなっていく。

「それで？　てめえはどうして俺の前に現れたんだ？」

カン、カン、カン、カン。

ジンは必死に頭を回転させた。

まずは相手の特異能力を分析しなければならない。今起きた事象をそのまま受け入れるなら、キャスパーの能力は瞬間移動のようなものだろう。

だがそれなら、あの強盗たちの怯《おび》えっぷりはなんだったんだ？

次に考えるべきは敵意の有無だ。

キャスパーの男嫌いはいつものことだが、尾行に気付かないフリをしてこんな路地裏におびき寄せてきたとなると話は変わってくる。今すぐ物陰から武装した男たちが大量に飛び出してきてもなんら驚きはない。

今は、何も言わない方が得策かもしれない。

慎重に相手の出方を窺《うかが》うジンを睨《にら》みつけ、キャスパーはゆっくりと口を開く。

「……まさかてめえ、ニーナちゃんに頼まれたのか？」

「…………は？」

「初めてのデートで緊張してるから、こっそり付いてきてくれって言われたんだな？」

とんでもない勘違いに、ジンは言葉を失う。

本来なら文句の一つでも言いたいが、今はこの誤解を素直に歓迎すべきだろう。

「……あんた、勘がいいね。その通りだよ」

「マジかよ……俺なら優しくエスコートしてやれるってのに」

「ま、まあニーナにはそう思われてないってことだよ」

――何なんだ？　本当に恋愛しか頭にないのか？

自分がここまでペースを乱されるなんて久しぶりだ、とジンは思う。

裏の裏を読んで相手の心理を丸裸にするのがジンの常套《じょうとう》手段だが、ここまで予想のつかない相手だと定石も通用しない。

本当に何も考えていないのか、隙だらけに見えて実は裏で壮大な策略を巡らせているのか、詐欺師の目を通して見てもまるでわからないのだ。

困惑しているうちに、キャスパーは俯《うつむ》いたまま肩を震わせ始めてしまった。罠《わな》かもしれないとわかっているのに、危うく同情してしまいそうになる。

「……その、アレだよ。元気出しなって」

「はっ、俺が意気消沈してるように見えるか？」

「違うの？」

「ぜーんぜん違うね！　俺はむしろ燃えてんだよ！」

——なんか急に復活したな、こいつ。

激しく帰りたいところだが、ジンは何とか踏《ふ》み止《とど》まる。

「いいか、てめえみたいなガキにはわかんねえだろうから教えてやる。挑む相手が難攻不落であればあるほど燃えるのが、本当の恋ってやつなんだよ。向こうが俺のことをゴリゴリに警戒してるなんて最高じゃん？　これこそが恋愛の醍醐味《だいごみ》だね！」

「つまり、往生際《おうじょうぎわ》が悪くて迷惑ってことか」

「勝手に意訳してんじゃねえ！」

「……まあ、完全に拒絶されたわけじゃないっぽいし良かったじゃん。次に学校で会ったら頑張りなよ」

「ははーん、そう言って俺を油断させる気だな」

「は？　どういう意味？」

「ただの幼馴染《おさななじみ》とか言ってたが……実はてめえもニーナちゃんのことが好きなんだろ？　じゃなきゃこんな仕事引き受けねえもんなあ？」

キャスパーは不敵な笑みを携えて、ジンの鼻先を指差してきた。

「いいぜ、ジン・キリハラ。望むところだ。てめえはニーナちゃんを賭けて俺と勝負したいってわけだな」

「はあ？　そんなの一言も……」

「ああわかってる。恋敵の宣戦布告に応じないほど俺も落ちぶれてねえ。学園に戻ったらさっそく〈決闘《コンバット》〉だな。負けた方はニーナちゃんのことを綺麗《きれい》さっぱり忘れるって寸法だ。わかりやすくていいだろ？」

「ちょっと、勝手に話を進めないでくれる？」

「……よし、了承の合図と受け取ったぞ」

「受け取るなよ。会話が苦手すぎるだろ」

特異能力の全貌がわからない以上、現段階でキャスパーと戦っても勝ち目はない。それに、こんな意味不明な流れで危険に巻き込まれてたまるか。

ジンは最後まで〈決闘《コンバット》〉を承諾しなかったつもりだが、キャスパーは満足そうな表情を浮かべて立ち去ってしまった。

「……マジで、面倒臭いことになってきたな」

ジンは重々しく溜《た》め息《いき》を吐《つ》く。

これから、キャスパーは自分にしつこく付《つ》き纏《まと》ってくることになるだろう。

本当に自分のことを恋敵だと思っているにせよ、彼が本当は〈羊飼いの犬〉で、ジンに近付くための口実を探していたにせよ——厄介な状況に変わりはない。

これ以上状況が逼迫《ひっぱく》すると、自分たちの立場は壊滅的に悪くなってしまうだろう。

だからジンは、盤面を一気に加速させることに決めた。

◇　翌日　◇

憂鬱な感情を引《ひ》き摺《ず》りながら、ニーナは教室へと向かう廊下を歩いていた。

彼女の悩みの種は、共犯者とともに挑んでいる信用詐欺《コン・ゲーム》の進捗状況。

ターゲットの二人に接近できたまではいいが、〈羊飼いの犬〉である証拠に結び付くような情報は入手できていない。

まだ始まったばかりだから仕方ないとジンは言っていたが、ちょっと楽観的すぎると思う。

こんなことを続けていても、真相には近づけないかもしれないのに。

そして何より、ニーナはこの仕事の恐ろしさに打ちのめされつつあった。

ターゲットが抱えているかもしれない重大な秘密を探りながら、自分自身も重大な秘密を抱えているという矛盾。もしターゲットが潔白だった場合、自分は相手の好意につけ込んでいることになるという事実。

疑心暗鬼、人間不信、自己嫌悪《けんお》——様々な感情が渦を巻いてニーナを呑《の》み込《こ》んでくる。

これが、詐欺師たちの世界。

こんな救いのない場所で、ジンはずっと生きてきたのか。

許されない罪を背負ってまで誰かを騙《だま》す覚悟が、自分にはあるのだろうか。

もちろん彼女は学園中に恐れられる圧倒的な実力者なのだから、表情や態度には自信を漲《みなぎ》らせていなければならない。

不安も葛藤も、心の内側に留《とど》めておかなければ。

「あっ、ニーナちゃん。おはよー」

正面から走ってきたクラスメイトに声をかけられる。

エマの軽やかな笑顔を見ていると、感情の澱《よど》みが一気に晴れていく気がした。

「おはようございます、エマさん」ニーナは当然の疑問を口にする。「そんなに急いでどうしたんですか？　そもそも教室はあっち……」

「ニーナちゃん、歩いてくる途中で茶色い紙袋見なかった？」

「紙袋？　見てませんね」

「困ったなあ……。いつも紙袋に飴《あめ》を入れてるんだよね」

棒付きの飴《あめ》を舐《な》めている間だけ身体能力を倍にできる〈獰猛な甘味料《ブルーベリーナイツ》〉という特異能力。その生命線である飴《あめ》が紛失したとなると、不安になるのは当然のことだ。

「どうしよ、もう授業が始まっちゃう……」

「予備の紙袋はあるんですか？」

「うん、自分の部屋にいくつか置いてるよ」

「じゃあ、次の休み時間になったら一緒に取りに行きましょう。流石《さすが》にそんな短期間で誰かに襲われたりしないでしょうし、もしもの時は私が守りますよ」

「いいの!? ありがとうニーナちゃん!」

屈託のない笑顔で抱きつかれたとき、ニーナの脳裏に残酷な疑問が過《よぎ》る。

──近付いてくる者全員を疑わなきゃいけないなら、エマはどうなのだろう?

クラスメイトたちに怯《おび》えた眼差《まなざ》しを向けられていたとき、最初に声をかけてくれたのは彼女だった。

だが、エマが何かの目的のために近付いてきているのだとしたら?

実際に彼女は、一匹狼《いっぴきおおかみ》を貫くジンにも遠慮せず話しかけている。いくら社交的な性格だとしても、それは少しやりすぎなのでは?

そこまで考えて、ニーナは慌てて首を振った。

たった一人の友達を疑うなんて最低だ。

たとえ詐欺師になっても、人間性までは失うわけにはいかない。

それでは、危険な陰謀を水面下で進めている帝国や学園の上層部と何も変わらない。ジンの父親を殺し、今も国中で不穏分子を処分し続けている〈白の騎士団〉を糾弾する資格もない。

──あの残酷な兄たちと、同じ生き物になってしまうのだ。

ニーナは演技力を総動員させて、柔らかい笑みを作った。

「エマさん、とりあえず教室に戻りましょうか」

教室の前には人だかりができていた。

全員が噂話《うわさばなし》のトーンで何かを囁《ささや》き合《あ》いながら教室の中を覗《のぞ》き込《こ》んでおり、入り口が完全にふさがれてしまっている。野次馬のほとんどが、別のクラスの生徒たちだ。

一刻も早く真相を確かめたいニーナだったが、隣を歩くエマが食いついたのは全く別のことだった。

「あーっ！　紙袋だ！」

顔の半分を覆い隠す大きさの丸眼鏡を掛けた女子生徒に、エマが駆け寄っていく。どうやら彼女は、茶色い紙袋を両手で抱えているようだった。

「いきなりごめんね、その紙袋ってどこで拾ったの？」

「……ああ、あなたが落とし主でしたか。どうぞ」

生まれてこの方一度も笑ったことがなさそうな無表情を見て、記憶の引き出しが開いた。制服姿だからすぐに気付かなかったが、彼女はカレンに仕えるメイドのサティア・ローデルだ。

カレンとの同盟関係は秘密になっているので、再会の挨拶をするわけにもいかない。

サティアの方もそれは承知らしく、一瞬だけ目線を合わせてきただけだった。

「廊下の隅に転がっていましたよ。たぶん、野次馬にぶつかって落としたんでしょう」

「うーん、気を付けてたんだけどなー。とにかくありがとうね！」

「いえ、礼には及びません」

紙袋と感動の再会を果たしているエマには悪いが、気になるのはそんなところではない。

あくまで初対面という体を装《よそお》って、サティアに訊《き》いてみることにした。

「あの、教室で何が起きているんですか？」

「……黒板を見ればわかりますよ」

言われた通りに、人垣から身を乗り出して教室の最前にある黒板を確認する。

そこに書かれていた文章を見て、ニーナは息を呑《の》んだ。

『このクラスにネズミがいるのはわかっている。これは宣戦布告だ』

黒板の面積を目一杯使って、暴力的な書体で殴り書きされたメッセージ。

ネズミ、という単語の意味をニーナは咀嚼《そしゃく》しようとする。

普通に考えれば、学園の秘密を暴《あば》くために潜入している不届き者——つまりは自分たちに向けた脅迫文だ。

恐らくこれを書いたのは〈羊飼いの犬〉だろう。

だとしたら目的は何？

言葉通りに宣戦布告と受け取るべき？　それとも警告？　他の不満分子への見せしめ？

──いや、一回冷静になろう。

誰にも動揺を悟られてはならない。

あの文章を、自分はただの現象だと受け止めなければ。

くだらない悪戯《いたずら》を目にしたときのように眉をひそめて、ニーナはエマたちのもとに戻った。

もし〈羊飼いの犬〉が自分たちの正体を暴いているのなら、わざわざこんなメッセージを残して警戒させる必要などない。特にニーナは強力なサイコキネシスの使い手ということになっているのだから、無警戒のうちに夜襲でも仕掛けてきた方が安全なはずだ。

──つまり、向こうはまだ決定的な証拠は何も摑《つか》めていない。

あれを見たジンやニーナの反応を窺《うかが》い、怪しい挙動が見つかればそれでいいと考えているのだろう。もしかしたら、他にもネズミとやらの候補がいるのかもしれない。

「物騒な落書きですね。どういう意味でしょう」

「うーん。なんか壮大な謎が隠されてる気がするよ……」

エマは謎解きにわくわくする子供のような表情で首を傾《かし》げていた。他の大多数の生徒も、娯楽性たっぷりの非日常が突然現れたくらいにしか思っていないのだろう。

あの落書きによって首を絞められているのは、この学園でたった二人だけだ。

「それでは、私は自分の教室に戻ります」

ただ一人だけ無関心を貫いていたサティアが、恭《うやうや》しく頭を下げてくる。

そういえば、なぜこの子はここにいるのだろう。

野次馬をするようなタイプには見えないが、もしかしてカレンに偵察でも指示されたのだろうか。

すれ違いざまに、サティアが耳元で囁《ささや》いてくる。

「……明日の放課後、カレン様が話し合いたいとおっしゃっています」

話し合い。

平和なはずの響きが、今だけは不吉な気配を孕《はら》んでいる。

「予定を空けておけ、とのことです。スティングレイ様」

つまり、サティアはこれを伝えるためにここにいたのだ。

水面下で、何かが動き始めた気配がする。その何かはニーナにはわからない。共犯者のジンがどこまで把握しているのかも。

——もしかして、これって大ピンチ……だよね？

答えの見つからない疑問が渦を巻き、ニーナを混沌《こんとん》の中へと呑《の》み込《こ》もうとしていた。

*

黒板に書かれたメッセージを見て、ターゲットは明らかに動揺を見せた。

すぐに冷静な表情を取り繕ったようだが、一瞬だけ瞳孔が開き、生唾を飲み込んだのを視認している。ただの落書きにそんな反応を見せるのは、メッセージが図星だと感じている人間だけだ。

ハイベルク校に潜り込み、学園の秘密を暴こうと企《たくら》む卑《いや》しいネズミ——。

容疑者は何人かいたが、これでほぼ特定することができたと言えるだろう。

彼女は、これまでの調査で得た情報を冷静に分析する。

こいつが複数の生徒に接触しているのも、やはり〈羊飼いの犬〉を炙《あぶ》り出《だ》すための情報収集が目的だろう。極端な競争社会であるハイベルク校で、そんな奇妙な動きをしている生徒はそういない。

ターゲットは決定的な証拠を出さないよう慎重に動いているようだが、彼女にとっては関係のない話だった。

要は、強引に自白を引き出してしまえばいい。

〈白の騎士団〉が重要指名手配犯や敵国のスパイ、政治的な危険分子などに対してやっているのと同じだ。手段さえ選ばなければ、こちらが望む情報などいくらでも吐き出させることができる。

そういう訓練を、彼女は幼少期から受けてきたのだから。

◇

黒板の落書きは教官が来る前に消され、何事もなかったかのように授業が始まった。

珍しく座学だけだった一日の中で、ニーナは離れた席に座る共犯者の横顔を何度も盗み見た。

ジンは相変わらず退屈そうな表情で教官の演説を聞き流しているだけで、あの落書きを見て何を感じたのかを読み取ることはできない。

時間は砂のように流れ、いつの間にか終業のチャイムが一日の終わりを告げていた。

——早くジンに相談しないと。

最後の二時間ほど、ニーナはずっとそのことだけを考えていた。

手早く荷物をまとめ、隣に座っていたエマに別れを告げて、体育倉庫《アジト》へと続く道を歩く。

こんな危機的状況においても、空は魔法のように美しかった。

地平線の向こうに沈みゆく太陽が、夜に変わっていく世界に最後の輝きを投げかけている。

橙《だいだい》と紫が織りなす芸術的なグラデーションはどこか作り物めいていて、そこに誰の意図も絡《から》んでいないなんて信じられなかった。

道の先に、後ろで結わえた黒髪を揺らしながら歩くジンの姿があった。

体育倉庫《アジト》に向かうときは、毎回違うルートを必要以上に遠回りしながら歩けと何度も言われている。だから、こういう風にジンと鉢合わせること自体が珍しかった。

――んん？　やけに歩くの遅くない？

それが並んで歩けの合図だと気付くのに、そう時間はかからなかった。

ニーナは不自然に見えないよう歩幅を大きくして、ジンの横に並ぶ。

「珍しいね、ジン。こんなところで会うなんて」

「夕食前の散歩をしてたんだよ。そういやニーナは、今日の夜は何を食べるの？」

「はっ？」

詐欺師には似合わないほど平和な話題に困惑するニーナだったが、ジンの指先を見て意図を察知する。親指と中指で輪を作り、残りの指を真《ま》っ直《す》ぐ立てた手信号《ハンドサイン》。

――尾行者《キツネ》がいる。

そして、このタイミングで自分たちを尾行する人物の心当たりは一つしかない。

黒板に宣戦布告のメッセージを書いた張本人――〈羊飼いの犬〉だ。

ジンが誰に聞かれてもいいような話を振ってきたのはそのためだったのだ。

ニーナも適当に話を合わせることにした。もしここで黒板の落書きについて話してしまえば、自白と解釈されてしまいかねない。

話が途切れたタイミングを見計らって、ゆっくりと深呼吸をする。カレンの呼吸法にはまだ及ばないが、少しだけ集中力を高めるくらいの効果はある。

もちろん、この状況に対処する準備も整えている。

ニーナは頭の中で手順を反芻《はんすう》した。

これがうまく行けば、襲撃してきた〈羊飼いの犬〉を逆に捕らえることができる。そうなれば、カレンとキャスパーに仕掛けている危険な信用詐欺《コン・ゲーム》も幕引きにできるのだ。

ジンが空を切るように手首を振った。

——作戦開始の合図。

ここから先は、一瞬たりとも気を抜くことができない。

第五章

夕闇と猟犬、傷跡がもたらす疑惑

Lies, fraud, and psychic ability school

「見てください、空がすごく綺麗《きれい》ですよ」

「あー、確かに」

「あの雲、何かヘンな形してません？」

「うん、猫が丸まって寝てるみたいに見える」

「いや、そっちじゃなくて。あの山の真上に見えるやつです」

「ん？　よくわかんないな」

生産性が一切ない会話で、二人はどうにか不穏な匂いを消していた。

尾行者《キツネ》に会話が聴こえているのかは定《さだ》かではないが、学園長のスパイに任命されるような人間なら、読唇術《どくしんじゅつ》くらい使えても不思議ではない。

二人は学園の敷地内《しきちない》をでたらめに進み、最終目的地に設定していた女子寮の側にある林の前まで辿《たど》り着《つ》いていた。ここに来るまでの間に何人もの生徒とすれ違い、逢引《あいび》きだのなんだのと囁《ささや》かれていたが、ニーナにはそんなことを気にする余裕はない。

なぜなら、尾行者《キツネ》の足音がまるで聴こえないのだ。

今歩いている道には細い街灯以外に遮蔽物はなく、身を隠す手段など何もない。ジンが教えてくれなければ、尾行者《キツネ》がいるなんて信じられなかったはずだ。

未《いま》だ姿を見せない学園長の手先――〈羊飼いの犬〉は、いったいどれほどの実力を持っているのだろう。

もちろん、特異能力者であることは間違いない。それに、ここまで高度な尾行術を使えるなら、素の戦闘能力も軍人並みなのかもしれない。

当然ながら、ジンやニーナが正面から戦っても絶対に勝てない相手だ。

こちらに勝算があるとすれば、そんな相手との戦いにはもう慣れきっていることくらいか。

薄闇に包まれた雑木林の中心で、ジンが足を止めた。

口許《くちもと》には、極限のスリルを歓迎する笑みが貼り付いている。

――いよいよ、尾行者《キツネ》との戦いが始まる。

「……ところでニーナ、何か嫌な臭いしない？」

「ええ、目障《めざわ》りなキツネさんの臭いがしますね」

「じゃあどうしようか」

「そんなの、決まってるでしょう」

壊れきった笑みを纏《まと》って、ニーナは勢いよく後ろを振り向いた。

「これ以上不快な気持ちにならないように、ここで捩《ね》じり殺《ころ》してあげるまでです」

背後に立っていたのは、フード付きの黒いコートに身を包んだ人物だった。目にレンズのようなものが嵌《は》まった無機質な白い仮面を被《かぶ》っており、顔は判別できない。風を纏《まと》ってひらひらと揺れるコートのせいで、体型もよくわからなかった。

どう考えても、ただの生徒による襲撃でないことは明らかだ。

「あれ、どうやらハイベルク校の生徒ではないようですよ。この場合、対処法はどうなっているんでしたっけ？」

「外部からの侵入者には、わざわざ〈決闘《コンバット》〉に同意させてから戦う必要はないみたいだな」

「……だそうです、可哀想《かわいそう》なキツネさん。もう警告する必要もありませんね？」

ニーナは掌《てのひら》を天に掲げ、大気を摑《つか》んで投げ飛ばすように腕を振った。

それを合図にして、空を埋め尽くす木々が騒《ざわ》めき始《はじ》める。

次の瞬間には、黒い塊が樹上から射出された。

地面を転がって回避した襲撃者は、上空から襲い掛かってきたのが人間の頭部ほどの大きさの石だったことに気付く。

もちろん、これが直撃すれば軽傷では済まなかっただろう。

「……意外と優しいな、ニーナ・スティングレイ」

野太い男の声が、仮面から聴こえてくる。

ノイズが大量に混ざった、人間味の感じられない音声。そんな技術は今まで聞いたこともないが、恐らくあの仮面に声を変える機能でもあるのだろう。

「問答無用でこちらの四肢をバラバラにしてくると思っていたが……。それとも何か、人体への直接攻撃ができない理由でもあるのか？」

「後処理をする清掃員さんたちのことを考えてるんですよ。私が本気を出すと、その……戦場が酷《ひど》い有様《ありさま》になってしまいますから」

普通の生徒ならこの時点で悲鳴を上げて逃走しているところだったが、襲撃者には動じている様子もなかった。どこからか取り出した軍用ナイフを両手に構え、じりじりと距離を詰めてくる。

冷酷な笑みの裏で、ニーナは必死に恐怖と戦っていた。

――林の中に仕掛けたトラップは、あと一〇個ほど。

サイコキネシスがハッタリだと気付かれるまでに、この恐ろしい相手をどうにか攻略しなければならない。

ニーナは、この林に呼び出された夜のことを思い出す。

「ニーナ、あんたの〈災禍の女王《メイルストロム》〉は次のステージに行く必要がある」

◇　一週間前　◇

月明かりだけを頼りに、ガスタを始めとする〈造園業者〉の面々が何やら作業を続けていた。

突っ込みどころを挙げていくとキリがない。ひとまず、ニーナは最大の疑問から片付けることにした。

「次のステージも何も、ハッタリで誤魔化してるだけじゃん」

「それだけじゃ通用しない相手はこの先増えてくる。ベネット・ロアーがそうだったろ」

確かに、とニーナは唇を噛《か》む。

入学試験を免除されるような怪物たちは、ニーナの悪い噂《うわさ》を少しも恐れていないのだ。

いくら抜群の演技力で脅してみても、それだけで降参させるのは難しいだろう。

「これからは、特異能力を物理的に演出する必要が出てくるんだよ」

「あ、だからこんな大掛かりな仕掛けを……」

斜め前方の木の上では、二人の作業員が協力して緑色に彩色された装置を取り付けていた。

大きな石をその上に載せているのを見る限り、投石器のようなものなのかもしれない。木の幹と同じ色をした紐《ひも》が地上へと伸びており、それを引けば起動する仕組みらしい。

その奥では、同様の装置を社長のガスタが枝や葉で覆い隠していた。

ただ敵を倒すのではなく、あくまでニーナの特異能力を演出するのが目的なので、特に入念にやらなければならない工程なのだろう。

「俺の読みでは、そう遠くない内に襲撃者がやってくる」

「私たちの正体がバレちゃったってこと？」

「いや、きっと証拠までは摑《つか》んでないよ。疑わしさのレベルが一定を超えた時点で、とりあえず襲っておこうって感じだと思う」

「ええ？　そんな適当に……」

「証拠なんて、拷問して吐かせてしまえばいいってのがあいつらの考え方だ。万が一相手が潔白だったとしても、事故か自殺に見せかけて処分してしまえば問題なし。〈白の騎士団〉が裏でどんなことをしてるのか、ニーナもよく知ってるでしょ？」

救国の英雄として持《も》て囃《はや》され、ニーナの二人の兄も所属する〈白の騎士団〉は、かつてジンの育ての親を殺した。凄惨な拷問にかけて、歴史の闇に葬《ほうむ》り去《さ》ってしまった。

巨大な権力と暴力が手を組んだ時、手段を選ぶという発想は簡単に消えてしまうのだ。

彼らと同じ流れを汲《く》む〈羊飼いの犬〉も、きっと似たような倫理観の持ち主なのだろう。

「もし誰かに狙われそうになったら、まずはこの場所に誘導しよう」

ジンは人差し指を地面に向けながら続けた。

「戦闘が始まったら、ニーナはそれらしい演技で相手の注意を集めてくれ。うまく気配を消して、俺が罠《わな》を起動させてやるから」

冷静に考えれば、子供騙《こどもだま》しのような策だ。

だがニーナは、ジンの策略には必ず二重三重の目的が隠れていることを知っている。

いつか来る決戦の時が、楽しみにすらなっている自分に気付いた。

◇

両手にナイフを構えた襲撃者に、ニーナの特異能力に見せかけた攻撃が襲い掛かる。

樹上の投石器から放たれた石。

地面に埋め込んだ火薬の爆発。

すでに太陽は沈みかけており、林にはほとんど光が射《さ》しこんでいない。おまけに仮面をつけていて視界が制限されているはずなのに、襲撃者はあらゆる攻撃を軽々と躱《かわ》し続《つづ》けた。

超人的な身体能力と反応速度。この薄暗闇の中で俊敏に動けるだけでも驚きだが、どうして地面に埋め込まれているはずの火薬すら綺麗《きれい》に回避できるのだろう。

――まさか、透視能力でもあるのではないだろうか。

「意味のない攻撃が大好きみたいだな」

「……あなたこそ、醜く逃げ回るのが唯一の趣味みたいですね」

「いや、そうでもないよ」

一転して、襲撃者は凄《すさ》まじい速度でニーナへと突進してきた。

──やばっ、殺される！

悲鳴を上げかけたそのとき、襲撃者の足元が急に陥没した。

巧妙に隠された落とし穴──ジンが立ち位置まで細かく指定してきたのは、この罠《わな》にハメるためだったのだろう。ニーナは咄嗟《とっさ》に掌《てのひら》を地面に向けて、サイコキネシスで陥没させたという演出をする。

腰の辺りまで地面に沈んでしまった襲撃者は、もはや動くこともままならない。完璧に軌道が計算された投石器が、既にトドメの一撃を放っていた。

「なるほど、そんな搦め手《からめて》も使えるのか」

人間離れした声で呟《つぶや》いた襲撃者は、それこそ人間の領域を遥《はる》かに超えた反応を見せた。

落とし穴から出ている腕の力だけで身体を持ち上げ、ついには跳び上がって投石を回避してみせたのだ。

石が右手を僅かに掠《かす》めたようだが、あれではかすり傷程度にしかならないだろう。

──ヤバい。ヤバいヤバいヤバいっ！

必死に覚えた罠《わな》の配置図を脳内に展開するが、出てくるのはもう残弾は尽きたという回答だけ。頼みの綱のジンも、木の幹に隠れながら苦い顔をしていた。

相手は特異能力を使ってすらいないのに、こちらの作戦が簡単に打ち破られてしまったのだ。

「……ふう、なかなかしぶといですね」

ニーナには、もはや演技という武器しか残されていない。

「せっかく気絶させるだけにしておこうと思っていたのに、これでは私の気が変わってしまいます。もう、どうなっても知りませんからね？」

ニーナは胸元で赤い輝きを放つブローチに手をかけた。

彼女がブローチを外すのは、特異能力を完全に開放する条件。敵を殺しても構わないと判断した合図。事実上の処刑宣告のようなもの――。

ジンと二人で入念に作り上げた噂《うわさ》を、向こうも当然知っていることだろう。

それなのに、襲撃者は後退する素振りすら見せてくれない。単に開き直っているだけか、それとも本当に恐怖を感じていないのか。

どちらにせよ、このままでは一瞬先の未来は見え透いている。

「いやいや、本当に素晴らしいね」

緊迫する空気を白けさせるように、ジンが間の抜けた拍手を響かせた。

「怖いもの知らず――いや、死にたがりと表現した方がいいのかな？　確かに、ニーナとまともに戦おうと思うのはそんなバカしかいない」

「いきなりどうした、ジン・キリハラ。仲間外れにされて寂しかったのか？」

「あんたの身を案じて、忠告してあげてるんだよ」

闇色の瞳と勝負師の笑みを携えて、ジンは襲撃者へと歩み寄っていく。

「この学園はほとんど無法地帯だけど、それでも最低限のルールくらいはある。あんたみたいな部外者が、生徒と戦うなんて本来は許されてないんだ」

「初耳だな。そして心底どうでもいい情報だ」

「ちょっとは気にした方がいいと思うけど。だって……」ジンは両手を広げ、芝居がかった口調で言い放った。「こんなにもギャラリーが集まってるんだから」

襲撃者の足が、止まる。

表情の読めない仮面で見渡す先には、爆音を聞きつけて集まった生徒たちの姿があった。

ジンは最初から、こんな罠《わな》だけで相手を倒せるなどとは考えていなかった。ニーナの特異能力の片鱗《へんりん》を見せつけるのが関の山で、勝ち筋は別に用意する必要があったのだ。

ジンが紡《つむ》いだのは、戦闘を強制的に終了させるためのアイデアだ。

もちろん、火薬の爆発音で近くの生徒たちを呼び寄せるだけの単純な策ではない。ここに襲撃者を誘導するまでの間、学園の敷地内《しきちない》をジンとニーナが連れ立ってでたらめに歩き回っていたのが最大の罠《わな》だったのだ。

あえて人通りの多いルートを選定し、二人の存在をできるだけ多くの生徒に認知させる。

全ては、野次馬を効率的に集めるための下準備だった。

「……あんたの正体も目的もわからないけど、顔を隠してるってことは後ろ暗い秘密でもあるんでしょ？　そんな悠長にしてていいの？」

とどめの言葉を突き刺したジンに、ニーナも乗っかってみることにする。

「あなたの身を案じて、今回だけは見逃してあげましょう。次に私の視界に入って来たら……結末がどうなるかはわかりますね？」

襲撃者は深く溜《た》め息《いき》を吐《つ》くような仕草をして、二振りのナイフを腰のあたりに仕舞った。そして猫のような俊敏さで太い幹を駆け登ると、木々を飛び石のように伝って闇に紛れていってしまった。

危機が遠ざかったのを確認して、ニーナは小声で呟《つぶや》く。

「……これは勝利、って呼べるのかな？」

「少なくとも、皆にはそう見えてるみたいだよ」

雑木林の入り口付近に集まった野次馬たちは、ニーナに畏怖の眼差《まなざ》しを向けている。火薬によって立ち昇る煙や地面に穿《うが》たれた穴にも、好意的な解釈を施してくれているのだろう。

今日もニーナ・スティングレイは、愚かにも立ち向かってきた命知らずの心を完璧に叩《たた》き折《お》ってしまったのだと。

だが当の彼女は、状況が少しも好転していないことに気付いている。

「……もしかして、悠長に信用詐欺《コン・ゲーム》なんかやってる場合じゃなくなっちゃった？」

「もしかしなくてもその通りだよ」

「ね、寝込みを襲われたりするのかな……」

「まあ、流石《さすが》に今日は仕掛けてこないとは思うけどね」

「明日以降は可能性あるってことじゃん！」

「大丈夫だって。今のところ想定通りだ。あとは最後のピースが揃《そろ》うのを待つだけ……」

「なに、どういうこと？」

そこで夕陽《ゆうひ》が投げかける最後の光が途絶え、ジンの表情は完璧な闇に覆われた。

「明日の放課後、アジトに集合ね。そこで最後の作戦を伝えるよ」

＊

――いったいどこまでが、あの男の策略なんだ？

黒いコートと仮面を剝ぎ取りながら、彼女は荒くなった呼吸を整える。

本来なら、こんな強引な行動に出るつもりはなかった。明らかにリスクが大きすぎる賭けだ。

だが彼女を取り巻く状況は刻一刻と悪くなっており、もはや予断を許さない段階にまで来てしまっていた。

恐らく、全ての黒幕はジン・キリハラの方だろう。

いつの間にか精巧な仕掛けが起動し、一見すると無関係に思える出来事が悪夢のように連鎖して彼女を追い詰めている。

考えすぎだと片付けることはできない。

最悪の想定をしなければ、辻褄《つじつま》が合わないのだ。

一刻も早く息の根を止めなければならないのに、襲撃に失敗してしまうなどお笑い草でしかない。

そもそも、野次馬が集まった程度のハプニングで撤退を決断する必要などなかったのだ。

こちらは顔も体型も完全に隠しているのだし、危機を脱した気になっている彼らを殺しても何の問題もなかった。

あの恐ろしいニーナ・スティングレイはともかく、策略家気取りの凡人の方は簡単に仕留められたはずだ。いくら特異能力を無効化できたとしても、彼女にとっては何の関係もない。

——まさか、情に絆《ほだ》されて躊躇《ちゅうちょ》してしまったとでも?

彼女は、その可能性について慎重に検討してみる。

確かに、学園ではあの二人と友人関係を築いている。無数にいる友人たちの中でも、特に繋《つな》がりが深い二人だと言えるだろう。

だがそれは、彼女がエマ・リコリスになっているときの話だ。

フード付きの黒いコートと仮面で武装し、ナイフを両手に握りしめているときの彼女と、教室で気の抜けた笑顔を振《ふ》り撒《ま》いている『エマ』は、明確に違う人間だ。

『エマ』と同じ肉体を共有しているだけの、全く別の人格。

その片割れこそが、彼女だ。

社会に溶け込んで交友関係を広める役割を持つ『エマ』とは違い、闇に紛れて仕事を遂行するだけの彼女には特定の名前など必要ない。そもそも、『エマ』の方は彼女の存在を認識してすらいないのだ。

最近ではどこかの国の医師によって正式な病名もつけられたらしいが、上層部は彼女のこの特性を重宝している。

自らの本性を何一つ知らず、周囲に警戒心をまるで抱かせない『エマ』という人格。

己の使命を完璧に理解し、祖国のために汚れ仕事を非情にこなす彼女の人格。

この二つを自在に切り替えることができるのだから、なるほど彼女ほどスパイ活動に向いている人材はいないだろう。

「……もう、私は躊躇《ためら》わない」

口に出して、己の決意を再確認する。

自分がここにいる意味を忘れるな。国のために全てを捧《ささ》げろ。

悲壮なまでの覚悟を胸に秘めて、彼女は再び仮面を被《かぶ》った。

◇

襲撃を恐れて一睡もできなかったニーナは、目の下の隈《くま》を化粧で覆い隠して教室へとやってきた。

帝国に喧嘩《けんか》を売ることの本当の意味を、ニーナは一晩かけて思い知った。

世界の全てが敵に見え、安心して眠ることすらできなくなる恐怖。ジンと共犯関係を結んだ時点で覚悟はできていたが、これほどまでとは思わなかった。

そもそも、襲撃者の正体はいったい誰なのだろう。

薄暗い林の中だったので正確ではないが、身長はジンとそう変わらなかった気がする。

とはいえ、カレンもキャスパーも似たような背丈だ。コートで体型が隠れていたせいで、性別すら判別できなかった。

「おはよ、ニーナちゃん。なんか深刻な顔してるよ?」

思索の海に潜っていたせいで、声をかけられるまでエマの存在に気付かなかった。

ずっと悩み続けていては身が持たない。

ニーナは意識を日常仕様に切り替え、穏やかな笑みを作った。

「その、最近少し寝つきが悪くて……」

「そんなときは運動が一番だよ。私も、放課後に学園の敷地内《しきちない》を走ったりするもん」

「たまに寮にいないと思ってたら、そんなことをしてたんですね」

「今度、ニーナちゃんも一緒に走ってみる？」

「……そうしてみます。次に走るときは声をかけてください」

エマと話しているうちに、少しずつ心が軽くなっていく気がした。

こんな風に他愛もない会話ができる友人など、ニーナのこれまでの人生の中にはいなかったのだ。分厚い演技を纏《まと》って接しているという罪悪感も少しあるが、やはりこの関係は大切にしていきたいと思う。

「あれ、エマさん。右手はどうしたんですか？」

制服の裾から覗《のぞ》いている部分に、絆創膏《ばんそうこう》が貼られているのが見えた。

活発な性格で、しかも少し天然なところがあるエマなら珍しくもないだろう。

「あ、これ？　走ってるときに転んじゃってさ……」

「え、気を付けてくださいね？」

「うん、まあこのくらい大丈夫だよ！」

運動不足を極めているジンならともかく、身体能力抜群のエマが転倒する様子はあまり想像できない。よっぽど疲れていたか、何かに躓《つまず》いたりしたのだろうか。

そこまで考えて、ニーナは無視できない違和感に気付く。

絆創膏《ばんそうこう》が貼られているのは手の甲の少し下あたりだ。いくら転倒したからといって、そんな位置に傷などできるものだろうか？　普通は、身体を守ろうとして地面に伸ばした掌《てのひら》を負傷しそうなものだけれど――。

既視感。

その位置に傷を負った人物に、ニーナは見覚えがあった。

あまりにもわかりやすい回答で、その気になればすぐに辿《たど》り着《つ》くことができる。

しかしニーナは何も気付きたくはなかった。疑問は疑問のままに留《とど》め、いつか風化する時をのんびりと待っていたかった。致命的な現実に目を背けていたかった。

それでも、頭の中では記憶が鮮明な映像となって呼び起こされる。

昨日の夕方、ニーナとジンを襲った黒いコートの人物も同じ箇所を負傷していなかったか？

落とし穴から脱出する襲撃者を狙った投石が、僅かに右手を掠《かす》めていかなかったか？

――まさか、〈羊飼いの犬〉の正体は……。

「　　　」

目の前で、エマが自分に何かを語りかけている。

「　　　」

早く返事をしなければと思うのに、唇が紡《つむ》ぐ言葉を少しも掬《すく》い取《と》ることができない。

「　　　」

教室の風景が水面のように揺らめいて、遠近感さえも消失していく。

目の前で笑う少女はいったい誰なのだろう。この少女はどんな理由で自分に近付いてきたのだろう。なぜ自分は平然と隣に座っているのだろう。

足元の床が抜け、底のない穴へと落ちていく感覚がニーナを襲う。

唯一の救いは、会話がこれ以上続く前に始業のチャイムが鳴り響き、軍服の教官が教室に入ってきてくれたことだった。


尾行を警戒しながら体育倉庫《アジト》に向かう途中で、ニーナは何度も自問自答を繰り返した。

――何考えてるの私っ！　あのエマが、私たちを騙《だま》してるわけが……。

そうだ。エマが〈羊飼いの犬〉であるはずがない。

エマは人生で初めてできた友達で、学園の激しい生存競争とは無縁の場所で生きていて、いざという時には力を貸してくれる頼もしい存在で。

それに、傷の位置が完璧に一致しているという証拠はない。

もし仮に一致していたとしても、ただの偶然として片付けることもできるだろう。自分自身を騙《だま》す術において、ニーナの右に出る者はいないのだから。

――――駄目だ。

弁明の文句をいくつ並べたところで、頭の中から疑念が消えてくれない。

ジンとともに過ごした日々で身に付けてしまった、詐欺師の思考のせいだ。

周囲の全てを疑うニーナは、目の前で笑う少女を確かに警戒してしまっていた。残酷で救いのない想像をしてしまう自分を、ニーナは激しく嫌悪《けんお》する。

――ジンはずっと、こんな痛みを抱えて生きてきたんだ……。

近付いてくる者全員を疑うということの本当の意味を、その残酷さを、ニーナは今頃になって思い知った。

果たして、エマの件をジンに伝えるべきだろうか？

それとも、彼はもう気付いているのだろうか？

こんな苦しさを抱えながら、まだ世界を騙《だま》さなきゃいけないのだろうか？

それでも前に進み続ける確固たる理由が、本当に自分の中にあるのだろうか？

敷地《しきち》の外れにある体育倉庫《アジト》が近付いてくる。ようやく我に返ったニーナは、軍服を着た若い男が中から出てくることに気付いた。

教官に変装したジンの仕事仲間で、裏社会専門の探偵をやっているという人物。確か、ヒースとかいう名前だった気がする。

物陰に隠れてやり過ごした後、ニーナは急いで倉庫の中へ入っていった。

特定の手順をクリアして屋根裏の隠し部屋に到着すると、ジンは壁に貼られた模造紙を見ながら何かを熟考していた。前に見た時より白黒写真や付箋の数が増えているが、ニーナにはジンが何を狙っているのかよくわからなかった。

ジンは付箋への記入をやめ、いつもの気怠《けだる》い表情でこちらを振り向く。

――あのことを伝えるなら、今しかない。

「ジン、あのね……」

もしかしたら、エマが〈羊飼いの犬〉かもしれない――そう言いかけて、ニーナは慌てて口を噤《つぐ》んだ。

恐ろしいほど慎重なジンが、それを聞いて何の対策も取らないはずがない。

間違いなくニーナはエマから情報を探るように指示されて、今までのような友人関係は崩壊してしまうだろう。

ニーナは自分が恐れているものの正体に気付いた。

それは、己自身の罪について。

カレン、キャスパー、そしてエマ。この中の誰かが〈羊飼いの犬〉だということは、裏を返せば残りの二人は純粋な気持ちでニーナに近付いてきたということになる。

――自分は今、どうしようもなく、誰かの善意を裏切り続けているのだ。

これが、人を騙《だま》すということ。

詐欺師が等しく背負うことになる業。

そんな事実に気付いてしまえばもう、別の話題にすり替えることしかできなくなってしまう。

「……さっき、探偵の人とすれ違ったよ。何を依頼してたの？」

「あー、ちょっとしたお使いを頼んでた」

「また、私には教えられない作戦ってやつ？」

ジンが不敵な笑みで肯定を示したので、ニーナはほっと息をつく。

こちらの動揺を悟られずに済んでよかった。罪悪感に苦しめられ、自分がここに立っている理由さえも見つけられずにいることがバレたら、共犯者を不安にさせてしまう。

「ニーナも気付いてるだろうけど、向こうは完全に『疑わしきは罰せよ』のスタンスを取ってきてる。今更、のんびり信頼を獲得して情報を引き出すなんて不可能だ」

「じゃあどうするの？」

「〈羊飼いの犬〉を、混沌《カオス》に引きずり込む」

写真や付箋で彩《いろど》られた模造紙を軽く叩《たた》きながら、ジンは続けた。

「まずはカレンとキャスパーに三つ巴《みつどもえ》の〈決闘《コンバット》〉を持ち掛けて、両方に『ゲームが始まったらそちらに協力する』と伝えるんだ」

「カレンはキャスパーを敵視してるからいいけど……キャスパーの方は説得できるの？」

どちらかというと、彼はカレンとの戦いを避けたがっているように見える。

いくらニーナに協力を約束されたとしても、誓約書にサインしてくれるとは思えない。

「それは大丈夫」ジンは即答した。「実は今、あいつから〈決闘《コンバット》〉を申し込まれてさ、ずっと逃げ回ってる状況なんだ。一緒にカレンを倒してくれたら受けて立ってやるって条件を出せば、普通に乗ってくれると思う」

「容疑者同士を戦わせて……その最終目的は？」

「その先の作戦は、〈決闘《コンバット》〉が成立してから伝えるよ。まだ一つだけ、出揃《でそろ》ってないピースがあるからさ」

真意こそ読めなかったが、共犯者は自信に満ちた目をしていた。

この表情だ。

己の勝利を疑わず、迫りくる危険な気配を歓迎すらしている表情を見るたびに、ニーナは彼にならら全てを賭けてもいいと思えてしまう。

もしかしたら、それこそが詐欺師としての才能の証《あかし》なのかもしれない。

罪悪感の檻《おり》に囚《とら》われているだけの自分には、あまりにも眩《まぶ》しすぎる。

「キャスパーの説得は俺が担当するよ。ニーナ、あんたはカレンのところに行ってくれ」

「……うん、頑張ってみる」

黒板に書かれたメッセージ、エマの右手にある傷痕——そんな不確定要素について、いくら考えても仕方がない。

自分はこれからカレンのところに行って、指示通りに彼女を説得してくるだけ。誰にだってできる簡単な仕事だ。

大丈夫だ、と必要以上に自分を宥《なだ》めていることに気付く。

それでも前に進むしかない現実に、ニーナは胸が締め付けられてしまいそうだった。

＊

「アギリル産の茶葉が二袋。お茶菓子もいくつか私の方で厳選いたします。その他の日用品ですと、歯ブラシと石鹸《せっけん》の在庫が切れておりましたので買い足しておきます」

思い浮かんでくるのはいつも、取り留めのない会話ばかり。

この記憶は、果たしていつのことだったか。

恐らくは一週間ほど前——ニーナ・スティングレイと同盟関係を結んだ前後のことだ。

「そういえば、香水が残り少なくなっていたな」

「そちらはすでに運送業者を手配しております。〈エイリスの六番〉でよろしいですね？」

「ふふ、サティアは流石《さすが》だな」

「あと寝間着の裾が少し解《ほつ》れていたようなので、職人に新品を作らせています」

「……ここまでくると少し怖くなってきたな」

相変わらずの無表情で報告するサティアを眺めながら、カレンは頬を緩めた。

サティアが生まれたローデル家は、四代ほど前からずっとカレンのアシュビー家に仕えてきた。

帝国軍を最大の得意先とする武器メーカーを営むアシュビー家の人間はとにかく多忙だ。当然ながら、屋敷《やしき》で働くスタッフにも最高水準の仕事が求められる。サティアとは幼少期からずっと一緒にいるが、味覚の狂った創作紅茶を開発するという悪癖以外には非の打ち所がないメイドだと思う。

カレンが特異能力の鍛錬や闘争に明け暮れていられるのも、献身的なサポートをしてくれるサティアがいてこそのことだ。カレンが〈白の騎士団〉となり、その先も帝国の栄光のために身を捧《ささ》げ続《つづ》けるには、サティアの存在が必要不可欠だった。

いや、彼女の存在をそんな風に冷静に評価することなどできない。

カレンにとってサティアは初めてできた親友で、いつもはひた隠しにしている弱さを曝《さら》け出《だ》すことができる相談相手で、他の何にも代えがたい大切な存在だった。

記憶の中のサティアはいつも無表情だが、輪郭は柔らかい光に縁取られている。

そんな彼女が、何者かに襲われた。

異変に気付いたのは今日の午後だった。

昼休みの時間になると、カレンはたいていサティアと一緒に食堂へと向かう。しかし今日は、本家から仕事を頼まれていると言ってサティアは寮へと急行した。サティアはたまに本家と電話をして仕事を受けているようだったし、特に疑問など抱かなかった。

しかし、昼休みが終わってもサティアは教室に戻ってこない。

最初は仕事に手こずっているのかと思ったが、二時間が経つ頃には疑問は焦燥に変わった。

──彼女の身に何かが起きている。

そう判断したカレンは、授業中の教室から飛び出して女子寮へと向かった。

悪い予感を否定するために、彼女は息を切らしながら走る。

重厚な扉に体当たりするようにして寮に入り、人気のないエントランスを横切って二階を目指す。自室の扉を開ければそこにはサティアがいて、いつもの無表情で「どうかしましたか？」と言ってくれる。そんな退屈で凡庸な結末を信じて、彼女は走り続ける。

その結果カレンはいま、サティアの変わり果てた姿を見下ろしている。

全身を殴打《おうだ》された痕跡が、この上なく痛々しい。

所々に青痣《あおあざ》があり、額が裂けて血を滴《したた》らせている。左腕の状態がもっとも酷《ひど》く、肘の関節が本来の可動域を遥《はる》かに超えて捻《ね》じ曲《ま》げられてしまっている。赤く染まった腕から骨が突き出して見えるが、それは何かの冗談だと思いたい。

「サティア！　大丈夫か⁉」

最悪の事態まで想定したが、幸いにも彼女はまだ呼吸をしていた。

怪我《けが》の状態は酷《ひど》いが、骨折や打撲が主で失血死の危険は少ない。とはいえ内臓が損傷している可能性もあるので、一刻も早く医務室へと運ばなければ。

自室に置かれている電話で学園に常駐する医師を呼び寄せながら、カレンは冷静に考える。

いったい誰がこんなことを？

あたしに恨みを持つ人間の仕業か？

まさか、学園に紛れ込んだネズミどもがこれを？

――だとしたら、なぜサティアを狙う？

「サティア、安心しろ。私が必ず、お前を襲ったバカを殺してやる」

背後の扉がノックされる。担架を持って入ってきた医師たちに状況を説明し、応急処置が施されていくのを見守る。彼女が寮の外まで担《かつ》ぎ出《だ》されたのを見届けてから、ついにカレンは怒りを抑えることを放棄した。

◇

――果たして、この状況もジンの計画に含まれているのだろうか。

いや、流石《さすが》にそんなはずはないだろう。

間違いなくこれは誤算で、ジンが考えている計画は見事に水の泡になった。

カレンを説得するために訪れた第一女子寮の扉を開けたとき、ニーナの目には完全に常軌を逸した映像が飛び込んできたのだ。

「いったい、何が起きて……」

屋外へと逃げ惑う生徒たちの悲鳴に、ニーナの疑問は容赦なく掻《か》き消《け》される。生徒の一人と肩がぶつかったが、彼女は振り返ろうともせず走り去っていった。

ここで暮らす生徒たちも、当然ニーナの悪名は伝え聞いているはずだ。だが、そんなことはいま目の前にある恐怖からすれば取るに足らないということだろう。

見渡す限りに広がる、荘厳《そうごん》な破壊の光景。

凄《すさ》まじい速度で増殖を続ける美しい結晶の群れが、女子寮の内部を埋め尽くそうとしている。

頰に切り傷を負った少女を捕まえて、ニーナは事情を訊《き》くことにした。

「これ見ればわかるでしょ⁉　カレン・アシュビーが暴走してんの！」

「私は理由が聞きたいのですが」

「あいつにくっついてたサティアって子がいたでしょ⁉　その子が襲われて意識不明の重体。カレンは犯人が名乗り出るまで暴れ続けるつもりだってさ！　絶対イカレてるっ！」

「ありがとうございます。だいたいの事情はわかりました」

「あんたはどうするつもり⁉　まさか、サティアをやったのは……」

凄《すさ》まじい誤解をされている気もするが、弁明する余裕はなさそうだった。

光り輝く凶器の群れの奥から、人影がこちらへと近付いてきていたのだ。

事情を話してくれた少女は悲鳴を上げながら逃走し、いつの間にか寮にはニーナ以外誰もいなくなっていた。

「ニーナ・スティングレイ。どうしてあんたがここに？」

カレンの瞳孔は完全に開き切っている。

あの道場で訓練していた呼吸法などまるで使っていないようだ。

今の彼女には能力を制御する気などないのだから、集中力を高める必要がないのも当然のことかもしれない。

「昨日、サティアさんから伝言を貰《もら》っていたんですよ。今日の放課後、あなたが私に会いたがっているって」

「ああ、そんな話もあったな。もう忘れてくれ」

こうしている間にも結晶は増殖を続け、エントランスに置かれた椅子やテーブルを破壊し続けている。

それでも光り輝く奔流の勢いは止まらない。

このままでは、いずれ壁や天井さえも突き破ってしまうだろう。

「犯人の心当たりはいくつかある」

「何の話ですか？　まずは事情から……」

「サティアは正面から襲われていた。部屋の鍵が壊されていた形跡もない。あいつが自分で鍵を開けて、襲撃者を招き入れたとしか考えられないよね。だとしたら容疑者は必然的に絞られてくるでしょ？」

「……彼女と、面識のある人間」

「生憎《あいにく》だけど、そんな人間はそう多くない。サティアはずっとあたしに付きっきりだったから。私が把握してる限りじゃ、たった数人くらいかな」

「少し落ち着きませんか？　サティアさんの意識が戻るまで待ってみても……」

「言っておくけど、一番怪しいのはあんただ」

カレンから放たれる殺意が、大気を押しのけてニーナに迫ってくる。

「いくら面識があったとしても、昼休みにあたしの部屋に尋ねてくる人間なんて警戒するに決まってる。サティアはそこまで間抜けじゃないからね。……でも、放課後に会う約束をしていた相手なら？　約束の時間を間違えたとか、いくらでも口実は作れるよね」

カレンは怒り狂っている最中でも、論理的な思考を保てるようだ。

いや、もしかしたら彼女は今も冷静で、憎悪《ぞうお》と狂気を相手を追いつめるためのカードとして利用しているだけなのかもしれない。

どちらにせよ、カレンが的外れな指摘をしているのは明らかだ。

もちろんニーナにはサティアを襲った記憶などないし、ジンもそんなことをするタイプではないだろう。何より彼にはサティアとの面識もない。サティアを襲ったのは、恐らくニーナが知らない第三者で――いや、一人だけいる。

サティアと面識があり、昼休みに会う口実を作ることができる人物が。

彼女はあのとき、サティアから落とし物を受け取っていた。特異能力の発動に必要で、本来なら絶対に落としてはいけないほど大切なものを。棒付きの飴《あめ》が入った紙袋を。

そのときのお礼をしたいとでも言ってドアをノックすれば、サティアは応じてくれるのではないか？

彼女を襲ったのは、エマ・リコリスなのではないか？

でも、だとしたら何の目的で――。

「その顔はなに。動揺でもしてる？」

「……別に、そんなことは」

表情を制御できていないなんて、あまりにも迂闊《うかつ》だ。

もはやカレンには弁明を受け入れる気などなく、ニーナを犯人だと断定してしまっている。

いや、真偽すらどうでもいいと思っているのだろう。

――煮《に》え滾《たぎ》る憎悪《ぞうお》をぶつけられるなら、相手は誰だっていい。

カレンの開き切った瞳孔が、確かにそう叫んでいる。

「同盟関係は終わりだよ、スティングレイ。キャスパーをぶちのめす件は……はっ、あんなバカにずっと気を取られてたなんて、あたしもまだまだだ」

どうすればいい？

いつもの演技で威嚇してみる？

——いや、カレンはもう戦う意志を固めてしまっている。

〈決闘《コンバット》〉で決着をつけようと持ち掛けて、少しでも時間を稼いでみる？

——いや、カレンはそんな平和的な解決策を望んでない。

このまま、どちらかが死ぬまでやり合うつもりだ。

「どうしたの、スティングレイ。特異能力を発動させなよ」

「……いいんですか？　死人が出てしまいますよ」

「それがあたしの望みだよ」

カレンがこちらに掌《てのひら》を突き出してきた。

それに呼応するようにエントランスに広がっていた結晶が蠢《うごめ》き、中央に立ち尽くすニーナを取り囲んでくる。結晶の波からは無数の鋭利な刃が突き出ており、まるで血に飢えた巨大な怪物に喰《く》い殺《ころ》されようとしているみたいだった。

終わった、と思った。

もはやニーナには為《な》す術《すべ》もない。

そもそも、こんな怪物を罠《わな》にハメようという考えが浅はかだったのだ。いつでも暴走や開き直りというカードを切ることができる圧倒的な強者に、中途半端《ちゅうとはんぱ》な詐術など通用しない。

光を屈折させて七色に輝く結晶が、巨大な顎《あぎと》となって左右から迫ってくる。

数秒後の未来など見え透いていた。

圧死か失血死か、自分の死因がどうなるのかはわからない。ただ、その答えが明らかになるのにかかる時間など僅かだろう。首尾よく血まみれの肉塊になったら、あとはこの美しい棺《ひつぎ》の中に閉じ込められるだけ。

――きっとこれは、報いだ。

見境なく人を騙《だま》し続《つづ》けてきた詐欺師にとって、これは相応《ふさわ》しい結末なのではないだろうか？

致命的なまでに美しい凶器に呑《の》み込《こ》まれながら、ニーナはそっと目を閉じた。

「………………あれ？」

完全に死を覚悟したはずなのに、ニーナはまだ結晶に押し潰されていない。

痛みも感じない。

その代わりに、彼女は浮遊感に包まれていた。

目を開けた瞬間、ニーナは自分が宙を飛んでいることに気付く。

「えっ、えええっ!?　何がどうなって……」

「暴れるな」

電子的な加工が施された低い声が、耳元から聴こえる。それは昨日ニーナたちを襲撃した黒いコートの人物だった。

ようやく状況が見えてきた。

結晶の顎《あぎと》に喰《く》い殺《ころ》されそうになっていたニーナは、窓から飛び込んできたこの人物に担《かつ》ぎ上《あ》げられ、寮の外へと脱出することに成功したのだ。

仮面で素顔は見えないが、その正体は恐らく——。

「……エマ？　エマだよね？」

「静かにしろ」

「私、あなたのことを疑ってた……。本当にごめん」

「だから、静かにしろ」

「ねえ、あなたはどうしてそんな格好を……」

答えが返ってくることはない。ニーナを両手で抱えたまま、彼女は一言も発さず建物の屋根を次々に飛び移っていく。

人間離れした速度で敷地内《しきちない》を進み続け、二人は体育倉庫《アジト》の前に辿《たど》り着《つ》いた。

なぜ彼女がこの場所を知っているのだろうと考えて、ニーナはすぐに答えを導き出す。

確か、ここは元々ベネットが闘技会の会場として使っていた場所だ。ジンが偵察をしたときにたまたまエマと出くわしたと言っていたから、隠れる場所として選んでも不思議ではない。

——いや、そもそもジンと鉢合わせしたのは本当に偶然だったのだろうか？

「入れ」

ノイズ混じりの声で言われて、ニーナは大人しく従う。

マスターキーを射《さ》し入《い》れて右に二度、左にもう一度回すという手順を踏まなければ屋根裏部屋で警告ランプが光るというシステムになっているが、どうせジンはキャスパーのところにいるだろう。それに、今はそんなことを気にする方が不自然だ。

倉庫の扉を内側から施錠《せじょう》すると、彼女は徐《おもむろ》にフードと仮面を取った。

オレンジ色のショートカットと、深緑色の瞳、棒付きの飴《あめ》、程よく引き締まった肢体。目の前の少女は、間違いなくエマ・リコリスだった。

「その……ありがとう、エマ」

「いつもの、虫唾《むしず》が走るほど丁寧な口調はもうやめたのか？」

「……え？」

視覚は彼女のことをずっと一緒にいる友人だと捉えているのに、鼓膜を伝う声のトーンが、全身から醸《かも》し出《だ》される拒絶のオーラが、甘い考えを否定してくる。

——この人は、誰？

「まあ、正体を隠してたのはお互い様だ。別に恨みはない」

「ね、ねえ何を言ってるの？　あなたは私を助けてくれたんだよね？」

「本当にそう思うのか？」

銃口。

学園生活にはあまりにも不釣り合いな異物が、今自分に向けられている。

光すらも逃がさない深淵《しんえん》に釘付《くぎづ》けにされて、呼吸をすることもままならなくなる。三八口径の暗黒から放たれる圧力はあまりにも破滅的で、そして生々しかった。きっと、弾が出ないような細工は施されていない。

「悪いな、ニーナ・スティングレイ」

疑問を投げかける猶予すら与えずに、エマは引き金を引き絞った。

第六章 反転する現実、悪夢はいつも美しい顔をしている――

Lies, fraud, and psychic ability school

『〈白の騎士団〉が、帝国の平和を脅《おびや》かす敵を殲滅《せんめつ》！

また誇らしいニュースが入ってきた。かねてより首都を中心に過激なデモ行為を繰り返していた反社会組織〈大いなる鉄槌《てつつい》〉が、〈白の騎士団〉の精鋭部隊による突入作戦によって殲滅《せんめつ》された。英雄たちは首都郊外の飲食店の地下にあったアジトを突き止め、決死の戦闘の末に帝国の敵を撃破。組織は事実上の壊滅状態となった。

なお、この戦闘の結果〈大いなる鉄槌《てつつい》〉の首謀者ナハト・グロスマンを始めとした幹部全員が死亡。〈白の騎士団〉側に死者・負傷者は出ていない』

幹部全員が死亡――仕方なく補足されたような情報が、網膜に焼き付いて離れてくれない。

国営新聞は、日課として執事に読まされている。当時九歳のニーナは、二人の兄が所属する〈白の騎士団〉のニュースを真っ先に探すのをいつもの習慣にしていた。

長兄のヴィクターとは一三歳、次兄のハイネとは一〇歳も離れているため、まともに遊んだ記憶もない。彼らがハイベルク校を卒業し〈白の騎士団〉となった今では、もはや新聞記事を通して活躍を知ることでしか繋《つな》がることができなくなってしまった。

——彼らは本当に、私の兄なのだろうか？

小さな頭の中には、いつもそんな疑問が居座っていた。

特異能力者であると周囲に嘘《うそ》を吐《つ》いて生きるしかないニーナと、救国の英雄として国家の敵と戦い続ける彼らに血の繋《つな》がりがあるとは到底思えなかった。

何より、彼らが纏《まと》う冷酷で自信に満ちた雰囲気は、ニーナにはまるで理解できないものだったのだ。

平凡で退屈な結末を迎えると思われたその日に、歓迎してもいない変化が訪れる。

いつものように自室でカエルの人形と遊んでいたとき、ニーナは後ろから声をかけられた。

「やあニーナ、相変わらず一人遊びかな？」

優しい声とともに頭を撫《な》でられて、ニーナは戦慄を覚えた。

振り返らなくてもわかる。この声は、この温度のない掌《てのひら》の感触は——。

「……ハイネ兄さん」

「久しぶり、ニーナ。顔を見せてくれるかな？」

言われた通りに振り返ると、二年ぶりに見る空虚な笑顔がそこにあった。

緩やかなパーマがかかった髪はニーナと同じ白金色。瞳の色はニーナよりもやや深い藍色をしていて、こちらを見透かすような視線を投げかけてくる。

心を持たない存在が冷たい計算に基づいて設計したような、人間味のない美貌。

柔らかな微笑を浮かべてはいるが、それが精巧な作り物でしかないことはよく知っていた。

「……どうして、ハイネ兄さんがここにいるの？」

「大きな仕事が終わって、束の間《つかま》の休暇を貰《もら》えたんだ」

「大きな仕事って？」

「まあちょっと、悪い奴《やつ》らと戦ってきたんだよ」

——きっと、あの記事だ。

当時から人並外れた洞察力を持っていたニーナは、兄の瞳の奥に潜む深淵《しんえん》から真実を読み取った。それでも彼女はまだ九歳で、世界での立ち回り方を良く知らなかった。頭に浮かんだ疑問に蓋をして、何もなかったように笑うことができなかったのだ。

気付いた時には、唇が動いてしまっていた。

「ねえ、どうして悪い人たちを殺しちゃったの？　タイホすればよかったのに……」

「はは、ニーナは面白いことを言うね」

次に兄が言った台詞《せりふ》は、幼いニーナの心に消えない恐怖を刻み込んだ。

「遊び終わったオモチャをさ、いつまでも持ってたって仕方ないだろ」

「…………っ！」

◇

悪夢から醒《さ》めたニーナを待っていたのは、また別の種類の悪夢だった。

彼女は木製の椅子に座らされ、後ろ手をロープで拘束されている。薄暗い部屋の中に氷点下の瞳をしたエマ・リコリスが立っており、ナイフの切っ先をこちらに向けていた。

まだぼやけた頭は、悪夢の残滓《ざんし》を追いかけている。

なぜ今になって、あんなことを思い出してしまったのだろう。

あれが初めて死の恐怖を感じた瞬間だったから？

こんな場所に流れ着いてしまったことを後悔しているとでも？

ニーナが辿《たど》り着《つ》いた結論は、そのどれよりも救いがなかった。

自分に殺意を向けているエマは、〈白の騎士団〉のメンバーである学園長の手先なのだ。当然彼女にも、救国の英雄たちの精神は受け継がれているだろう。

——殺される。

考え得る限り最も残酷で、国営新聞には決して掲載されないやり方で。

そこまで考えたところで、ニーナはなぜ自分がさっきの銃撃で死んでいないのかという疑問に気付いた。

「なぜ自分が生きてるのかわからない、という顔だな」

エマは黒いコートの中から黒光りする拳銃を取り出した。

「電極銃《テーザーガン》――鉛玉ではなく、高圧電流を帯びたワイヤー付きの針を射出する非殺傷兵器を使った。ただそれだけの話だ」

「……何、それ。初めて見た」

「当たり前だ。帝国には出回ってない代物だからな」

「……どうして、エマがそんなものを」

「特異能力者養成学校で銃殺事件なんて起きたら不自然に決まってる。理由はそれだけだ」

銃殺。

そんな不穏な単語が、エマの口から出ていることに恐怖を隠せない。

初めて言葉を交わした瞬間から、エマはずっと本性を偽っていたのだ。本当の彼女はこんなにも冷酷で、用意周到で、恐ろしい人間だったなんて。

――友達だと思っていたのは、最初から私だけだったんだ。

もう全てが手遅れ。万に一つも希望は無い。

それなのに、ニーナはまだ生を手放したくなかった。

「……ところで、いい度胸ですね。私を敵に回すことの意味を知らないのでしょうか」

身動きが取れず、活路など一つも残されていなくても。

「あなたがまだ息をしていられるのは、私の温情にすぎないんですよ？」

恐怖と絶望で、頭がおかしくなりそうになっても。

「五つ数えるうちに私の前から消えてください、エマさん」

笑いあった記憶が砕け散って、鋭利な破片が肌を突き破っても。

「……ほら、どうしました？　バラバラにされたいんですか？」

それでもニーナは、虚勢を張り続けた。

強者の演技などもはや成立していない。張りぼてを纏《まと》うことすらできていない。無力な子供のように、実態を伴わない言葉を投げつけているだけ。

目の前の少女は、ニーナの弱さを見透かすように笑う。

「泣きながら言われても、説得力がない」

頬を伝う水滴が、ニーナの足元に滴《したた》り落《お》ちた。

自分が泣いていることに気付けないほど動転していたのだ。そんな状態で、相手を信じ込ませるような演技なんてできるはずがない。

少しずつ冷静になってきたニーナは、もう一つの致命的な事実に気付く。

「あ……あ……」

――ここは、屋根裏の隠し部屋だ。

ギチ

掃除道具入れで一番長い竹箒《たけぼうき》を逆さに持って、木箱を積み上げて高さを確保し、天井の特定の場所を押し上げると降りてくる縄梯子《なわばしご》を昇らなければ辿《たど》り着《つ》けない部屋。自分たち以外に、この部屋の存在を知っている者はいない。

「……ジンはどうしたの？」

エマからの返答はない。

「ジンはどこに行ったの⁉　なんでエマがこの部屋のことを⁉」

答えなど、返ってくるはずがなかった。

「ねえ、教えてよ……。ジンは私の共犯者で、あの人がいないと私は全然駄目で、あの人は私にとって、初めてのっ……」

心の縁から絶望が溢《あふ》れてきて、ニーナは言葉に詰まってしまう。

〈白の騎士団〉は、ターゲットに情報を吐かせるためなら手段を選ばない。その意志を汲《く》むエマがここにいるということは、つまりはそういうことなのだ。

どんな種類の拷問がジンに降りかかったのか、ニーナには想像することもできなかった。

「お願いエマ、教えてよ……」

——散々人を騙《だま》し続《つづ》けてきたくせに、何を泣いてるの？

頭の中にいる冷静な自分が、鋭利な問いを突き付けてくる。

その通りだ。

カレンやキャスパー、名前も知らない数多くの人々を騙《だま》し続《つづ》けてきた自分に、エマを責める権利なんてない。

悲しみに打ちひしがれる権利も、回答を求める権利もない。

敗者は敗者らしく、何も言わず運命を受け入れることしか……。


「……エマ、流石《さすが》にやりすぎだろ」


闇に包まれた部屋の隅から、呆《あき》れたような声が聴こえてきた。

縋《すが》るような気持ちで、ニーナは声のした方に目を向ける。

暗がりから出てきたジンは、居心地の悪そうな表情を浮かべていた。

「何度も言っただろ、ニーナが特異能力者じゃないのは本当だって。だからそんなに警戒すんなよ。拘束も解いてやってくれ」

渋々といった表情で、エマがナイフを手に近付いてくる。思わず身構えたニーナを尻目に、椅子に括《くく》り付《つ》けていたロープだけが切断されていく。

「というか、え？　ええええっ⁉」

「……まあ、騙《だま》して悪かったよ。色々と事情があったんだ」

ニーナはジンとエマの顔を交互に見比べる。

——まさか、この二人が手を組んでいた？

でもエマは〈羊飼いの犬〉で、自分たちが探し求めていた標的で、自分の正体を知られるわけにはいかなくて、だからこんな状況は絶対におかしくて……。

「あー、やっぱ混乱してるよな」

「い、いったい何がどうなって」

「……いいよ、私が説明してやる」

ナイフを黒いコートの内側に仕舞いながら、エマが重い口を開いた。

＊　一日前　＊

「……もう、私は躊躇《ためら》わない」

悲壮なまでの覚悟とともに再び仮面を被《かぶ》った彼女は、今逃げてきた道を引き返した。

先程の襲撃が失敗したのは、向こうが万全の準備を整えていたからだ。それに、いくら彼女が特殊な訓練を積んできたといっても、人智《じんち》を超えた怪物であるニーナ・スティングレイと正面から戦うなんて愚策にもほどがあった。

先に仕留めるのはジン・キリハラだ。

それも、狙うのは奴《やつ》が一人きりになったタイミングしかない。

恐らく奴《やつ》はニーナと別れてから男子寮へと帰っていくはずなので、その途中で待ち伏せしていればいい。

頼りない街灯だけが並ぶ夜道を、ジン・キリハラが歩いてきた。

もちろん近くにニーナの姿はない。今日はもう見逃してくれたなどという甘い考えを抱きながら、参謀気取りの男はポケットに手を突っ込んで歩いている。

道端の茂みに隠れていた彼女は、二振りのナイフを握り締めた。

——心を殺せ。疑問を捨てろ。お前の使命を思い出せ。

心の中で何度も繰り返してから、彼女は背後からジンに襲い掛かった。

まずは両足の腱《けん》を切りつけて転倒させ、そのまま頸部《けいぶ》を絞めて気絶させてから、人気のない場所に運ぶ。それから、彼がどこまで知っているのかを優しく訊《き》き出《だ》せばいい。

常人を遥《はる》かに超える速度で迫る彼女に、しかしジンは信じられない反応を見せる。

彼女の視界を覆い尽くす、強烈な光。

軍用の強力な懐中電灯《フラッシュライト》によるものだろう。視力が回復したときにはもう、ジンは彼女の視界から消えていた。

——まさか、追撃を予測していた……？

相手の用意周到さに呆《あき》れつつも、彼女はまるで焦《あせ》っていなかった。

この暗闇の中でも、彼女には必死に逃げるジンの後ろ姿がくっきりと見えていたからだ。街路から逸《そ》れて、ターゲットは街灯のない林の中を走り抜けようとしている。

「……舐《な》められたものだ」

彼女はナイフを仕舞うと、夜行性の獣のような姿勢で遠ざかる獲物へと突進した。

両者の距離は一二メートルほど離れていたが、彼女が獲物に追い付くまでにはたったの五歩で充分だった。

棒付きの飴《あめ》を咥《くわ》えている間だけ身体能力を二倍にできる〈獰猛な甘味料《ブルーベリーナイツ》〉という特異能力には、二つの嘘《うそ》が隠されている。

一つは、身体能力の上昇値は二倍などではないということ。

視力や聴力といった感覚器官や単純な腕力はまったく強化されないばかりか、『移動速度』に直結する脚力・神経伝達速度・関節の強度などの上昇率も平均一三六パーセント程度。彼女が人間離れした動きを実現できているのは、元々の身体能力が常人を遥《はる》かに上回っているからに過ぎない。

そしてもう一つの嘘《うそ》は、ジンにとってはどうでもいいことだろう。

それを知る前に、この男は力尽きてしまうのだから。

「身体能力が低すぎるな。それでも男か？」

彼女は背後からジンに飛び掛かり、暴れ回る両足の間に右脚を絡《から》ませて転倒させた。

仰向けに転がったジンの上に馬乗りになり、両膝で肩を押さえて抵抗を封じる。懐《ふところ》からナイフを取り出して喉元に突きつければ、抵抗する気力すら刈り取ることができる。

「お前は終わりだ、ジン・キリハラ。死にたくなければ、知っている情報を全て吐け」

「ちょっ、話が急すぎる！　ユーモアがない人間だってよく言われるだろ」

この期に及んで軽口を叩《たた》いてくるとは、ただの死にたがりとしか思えない。

「致命的な想像力のなさだな。状況がわかってないのか？」

「いいから落ち着きなよ、エマ」

「…………な」

――こいつは、私の正体を知っている。

いったいどこで漏れた？

普段ジンと接している『エマ』は、今の彼女とは全く違う人格だ。記憶も共有していない。どんな観察眼の持ち主だろうと、正体を見抜くなど不可能に決まっている。

どこでどんな情報を抜き出して、ジンはこの結論に辿《たど》り着《つ》いた？

「……お前は色々と知りすぎた。粛清される覚悟は？」

「悪いけど、今のところないかな」

自分に向けられているいくつもの視線に気付き、彼女はジンの上から飛《と》び退《の》いた。

ナイフや拳銃で武装した男たちが、自分を取り囲んでいる。

作業服を着た髭面《ひげづら》の男、教官と同じ軍服を着た青年、筋骨隆々の大男、顔に切り傷のある男、それぞれが裏の気配を纏《まと》った、五人の大人たち――。

こんな連中をどうやって集めた？

どの段階から、この男はこちらの襲撃に備えていた？

――この少年はいったい、何者なんだ……？

「助かったよガスタさん。完璧なタイミングだ」

「追加料金はたんまり貰《もら》ってるからな、このくらいは任せてくれ。……ところでジン、こいつが〈羊飼いの犬〉なのか？」

答える代わりに、ジンは勝負師の笑みを口許《くちもと》に湛《たた》えて立ち上がった。

こんな状況を心から楽しめるような男は、どう考えても狂っている。

「形勢逆転、ってところがな。とりあえずナイフを捨てなよ、エマ」

ジンの言う通り、盤面は完全にひっくり返った。

武装した男たちはゆっくりと距離を縮めてきており、一秒ごとに逃げ場が消失していくのがわかる。

――で、それがどうしたというんだ？

「……お前たちは、考えが甘すぎる」

彼らが周囲に隠れていたことには最初から気付いていた。いくら闇に紛れたつもりでも、仮面を被《かぶ》った彼女の目を誤魔化すことはできない。

全てを理解した上で、彼女はあえてジンの誘いに乗ってやったのだ。

「この中に軍隊経験者は一人もいないな。……ああ、いちいち驚くな。正式な訓練を受けていないことくらい、構えを見ればすぐにわかる。それに人を殺したことがある人間もいない。怯《おび》えながら凶器を握っているのが見え見えだ。喧嘩《けんか》すら苦手な連中ばかりなんじゃないか？」

彼女はナイフを掌《てのひら》の中で回してみる。

明らかな挑発行為。それでも男たちが動かないのを見て、彼女は己の確信を強めた。

「一〇秒だ」

不意に吹いた夜の風が、彼女の周囲を舞い踊る。

「一〇秒あれば、お前たち全員の頸動脈《けいどうみやく》を掻《か》き切《き》ることができる。逃げようとしたところで無駄だ。お前たちみたいな素人《しろうと》は、誰か一人が死んだ時点で恐慌《きようこう》状態に陥ってしまうからな」

彼女が言っているのは、脅しでも願望でもない。

ただの客観的事実を話していることくらい、この場にいる全員が理解しているだろう。

それなのに、どうしてだ？

——どうしてこの男だけは、楽しそうに笑っていられる？

「なんかさ、最初からずーっと勘違いしてるね」何をしでかしてくるか予測できず、彼女は一歩も動けない。「別に、あんたと戦争をするために仲間を集めたわけじゃない」

「……じゃあ、何のために」

「俺たちは、いいビジネスパートナーになれると思うんだよ」

「ふざけてるのか？」

「いいや、俺は大真面目だよ。生まれてこの方、ふざけたことなんて一度もない」

夜よりも昏《くら》い瞳が、彼女を正面から捉えていた。

「取引をしよう、エマ。……いや、共和国の諜報員様と言った方が正しいのかな？」

何だ？

こいつは何を言っている？

証拠など一切残していないはず——。

「はは、仮面のせいでぜんぜん表情が読めないな。まあ、硬直してるってことは図星でいいのかな？

ああ、もちろんデタラメを言ってるわけじゃない。

疑ってるなら教えてやるよ。なぜ俺が、あんたの正体に気付いたのか。

まず俺は、ベネットの部屋に置かれていた『はじめまして』のメッセージの意味から考えてみた。ベネットが退学処分になる直前に、俺がベネットの部屋を探りに行くことを読んでいたあんたがテーブルの裏に貼り付けたメモだよ。もちろん覚えてるでしょ？

メモを見つけたときは流石《さすが》に焦《あせ》ったよ。

最初、あれは宣戦布告なんだと思った。

〈羊飼いの犬〉は自分の存在を探られていることに気付いていて、その上で先手を打ってきた。

俺たちの、『わざと怪しい動きをして〈羊飼いの犬〉を釣り出す』っていう狙いまで読まれてるんだって思い込んでた。

まあ、あんなラブレターを貰《もら》ったら疑心暗鬼になるのは当然だよ。

自分の正体が暴かれることを恐れて、誰のことも信用できなくなる。

一刻も早く〈羊飼いの犬〉を特定するために、無茶な行動を取らざるを得なくなる。

そうなればいつかボロが出て、俺たちはめでたく粛清対象の仲間入りだ。

……でもさ。

冷静に考えたら、それは向こうにとっても凄《すご》くリスクのある行動なんじゃないか？

俺の情報によると〈羊飼いの犬〉は各学年に一人ずついて、学園の脅威になる人間を間引く役目を学園長から貰《もら》ってる。スパイがいるという事実すら悟られずに、三年間ずっと学園で暗躍し続けなきゃいけないんだ。

そんな人間が、わざわざこっちを焦《あせ》らせて短期決戦に持ち込むような手を打ってくるかな？

好戦的な性格だから？　平凡な日々に退屈していた？

いや、入学式にすら顔を出さないレベルの秘密主義を貫いてる学園長が、そんな危険人物をスパイに指名するとは思えない。少なくとも、何の確証もない段階で派手な動きをするのは不自然だ。

だとしたら、あのメッセージはいったいなんだったのか。

俺たちを焦《あせ》らせて、強引に〈羊飼いの犬〉を探らせることで得をする人物──それはつまり、俺たちと共通のターゲットを探し求めているやつ以外にはありえないんじゃないか？

自分はリスクを冒すことなく、椅子にふんぞり返ってるだけで目的を達成できるんだから、こんなにいい手はないと思うよ。紙切れ一つで最後まで操ってしまえるほど、俺が間抜けじゃなかったってことはともかく。

……まあいいや、次の疑問について考えてみよう。

そいつは、どうして〈羊飼いの犬〉を探している？

個人的な因縁？　単純な好奇心？

いいや、どれも違うね。

〈羊飼いの犬〉なんて存在を知ることができる一般人なんているはずがない。この国きっての情報通である探偵のヒースさんですら、あの人の手記を見つけるまでは何も知らなかったんだから。

……だったらもう、答えはおのずと限られてくるよな？

この学園が隠している秘密を暴《あば》くために、平気で命を張れる人間。

この学園──いや、帝国そのものと敵対している勢力。

――それはつまり、敵国のスパイ以外に考えられないんだよ。

目的は帝国が独占している特異能力者の秘密を探るためとかかな？　まさか、ハイベルク校に子供を送り込むイカレた国があるなんて思わなかったけど。

あー、そんな風に絶句しなくてもいいよ。

別に俺も、すぐにこの答えに辿《たど》り着《つ》けたわけじゃないし。あんたの思慮が足りなかったってことにはならない。

というか、メッセージを見つけた時点では、スパイとエマを結び付ける根拠なんてなかったんだよ。普段のエマはとにかく善良で、びっくりするぐらいチョロい子だったから。

それに、嘘《うそ》を吐《つ》いている気配がまるでなかった。演技の天才がそう何人もいるとは思えなかったし、エマのことは普通にマークから外してたくらいだ。

まあもちろん、おかしな点が何もないわけじゃなかったよ。

いくら身体能力を倍にできる能力があったとしても、エマの身体捌《からださば》きは普通の学生にしてはやたらと熟練していた。軍隊かどこかで特殊な訓練でも受けてないとおかしいくらいに。

それから、あの異常な交友関係の広さも変だね。

職業柄、やたらと友達が多い人間は詐欺師かスパイだと思うようにしててさ。エマが、何らかの目的のために人脈を広げてておかしくはないと思った。

とはいえ、探偵に過去の経歴を調べさせてもおかしな点はなかったし、制服に盗聴器を仕込んでみても翌日まで気付きもしなかった。

……あれ？　怒ってる？

まあ許してよ。少しでも怪しいやつがいたら、そのくらい調べるのは当然だろ。

とにかく、エマはいつまで経っても尻尾を出さなかった。だから俺は、エマのことをただのお人好《ひとよ》しな女の子だと結論付けることにしたんだよ。

最後の最後に、あんたからこっそり盗んだ飴の解析結果を知るまでは。

……あ、愕然《がくぜん》としてるね。今度は仮面を被《かぶ》っててもわかるよ。

でもまあ、心底驚いたのは俺も同じだ。知り合いの業者から解析結果を聞いた時は、正直何かの間違いかと思った。

まさかあの飴《あめ》が、最先端のドーピングアイテムだったなんて。

――あんた、俺よりもよっぽど嘘《うそ》つきだね。

学のない俺には化学成分なんて難しい話は分からないけど、要するにこういうことだ。

エマ、あんたは特異能力者なんかじゃない。

あんたの〈獰猛な甘味料《ブルーベリーナイツ》〉は、薬物で筋力を無理矢理増強してるだけのイカサマだったんだ。

……ああ、ついでにあんたの母国もこれで判明した。

帝国の数歩先を行く、魔法じみた科学技術——こんなの、帝国と絶賛冷戦中の共和国以外にありえない。

あ、いつ盗んだかって？

ごめんね、俺って疑《うたぐ》り深《ぶか》いからさ。ベネットとのいざこざがあった一ヶ月くらい前の時点で、飴《あめ》を一つ抜き取らせてもらってた。まあ、その時はあんたがスパイだと疑ってたわけじゃないけどね。解析に時間がかかったから、一週間前に結果が来るまでは忘れてたくらいだ。

あとはまあ、エマの想像通りだよ。

あんたが無謀な襲撃をせざるを得ない状況に追い込むために、俺はせっせと遅効性の毒を撒《ま》き続《つづ》けた。

敵国のスパイが帝国に紛れ込んでるって噂《うわさ》を学園中に広めたり、飴《あめ》の入った紙袋をスってあんたを焦《あせ》らせてみたり、トドメとして教室の黒板に〈ネズミ〉の存在を告発する落書きをしてみたり……。

あの時、あんたはこう思ったはずだ。

——こいつらは自分の正体に気付いている。

——一刻も早く消さないと、学園長の耳に真実が伝わってしまう。

——やるなら今日だ。放課後にこいつらが二人きりになったタイミングを狙って奇襲する。

今この状況を見ると、俺の読みは全部当たってたみたいだね。

それで、エマ。これからどうする？　とりあえず、反論があるなら先に聞いておこうか」

彼女は仮面を外し、深緑色の瞳で目の前の男を睨《にら》みつけた。

彼が語った推理はおおむね正しい。

確かに彼女は共和国の諜報員《ちょうほういん》で、帝国が独占している特異能力者たちの秘密を探るために学園に潜入した。九歳の頃に身分証を偽装して帝国の協力者の元で暮らし始めたという本当の経歴までは知られていないようだが、それ以上に致命的な真相を暴かれたのだから意味がない。

しかし、『相手を追い込んで無茶な行動に走らせる』という策を向こうも使ってくるなんて、完全に想定外だった。

――どうやって始末しようか。

そう考えながら、彼女はナイフを両手に握り締める。

この男が言う取引がどんなものなのかはわからないが、秘密を知られている以上生かしておくわけにはいかない。

たとえ本人に口を噤《つぐ》む意志があったとしても、〈白の騎士団〉はいとも簡単に情報を吐き出させてしまう。これまで何人もの同志が、苦痛に耐えかねて祖国を裏切り、そして無惨《むざん》に殺されていったことを彼女は知っている。

「いいか、私に取引の意志はない」

「代わりに皆殺しにしようってこと？　ちょっと剣呑《けんのん》すぎない？」

「お前たちも〈羊飼いの犬〉を追っているんだろう？　ただの民間人が踏み込んでいい領域かどうかもわからず……愚かにもほどがある。帝国式の拷問を受ける前に死なせてやるのが、私の精一杯の優しさだとなぜ気付かない？」

「うわっ、俺たち全然信用されてないっぽいな」

「当たり前だ。そもそもお前たちは、どうやって〈羊飼いの犬〉なんて情報を……」

「情報提供者の名前はラスティ。ラスティ・イエローキッド＝ウェイルだ」

「…………なっ⁉」

——なぜここで、その名前が出てくる？

ラスティは、帝国では〈伝説の詐欺師〉と称されていたほどの有名人だ。まさか、こんな少年と繋《つな》がりがあったなんて想定できるはずがない。

「実は、ラスティは俺の育ての親みたいなもんでね。実の親に捨てられて路上生活してた俺を、あの人が拾ってくれたんだ」

「デタラメを言うな！　だって、お前は……」

「鉄道会社の従業員の息子だって？　はは、あんたが調べた経歴は全部デタラメだよ。まあ、それに関しちゃお互い様でしょ？」

衝撃的な展開に、脳が凍り付いてしまっている。

口を開けたまま呆然《ぼうぜん》とする彼女に、ジンは得体の知れない笑みを向けた。

「ラスティがいつも言ってたんだ。大きな仕事には、それに見合うだけの強力な仲間が要るって。だから俺はあの人の昔の仲間を集めて、ニーナとも共犯関係を築いた。……そしてエマ、今度はあんたの番だ」

鋭利な刃を向けられていることを意に介さず、ジンはゆっくりとこちらへ歩いてくる。

完全な丸腰。

敵意はおろか、策略の欠片《かけら》も感じられない。

「ラスティが遺《のこ》した手記には、学園の秘密や〈羊飼いの犬〉の情報を外国の友人に託したと書かれていた。エマ、あんたがここにいるってことは……その相手は共和国の課報員《ちょうほういん》だったみたいだね」

彼女はナイフを取り落としそうになった。

共和国が〈羊飼いの犬〉にまつわる情報を入手したのは、いきなり共和国の課報員《ちょうほういん》にコンタクトを取ってきたラスティ・イエローキッド＝ウェイルが情報を漏洩《リーク》したのがきっかけだ。

もちろん末端の彼女には情報を受け取った課報員《ちょうほういん》の名前までは知らされていないが、〈中央情報部《インテリジェンス》〉がラスティを英雄の一人として数えていることくらいは知っている。

そんな彼に育てられた少年が目の前に現れた。

まさか、こんな偶然があったなんて――。

「……いや、違う」

――これは偶然ではない。

恐らくジンは、最初から共和国の諜報員《ちょうほういん》が生徒に紛れている可能性を疑っていた。

入学早々にベネットとの大立ち回りで盛大に目立ったのは、〈羊飼いの犬〉の注意を引き付けるためだけではなかったのだ。

彼は最初から、敵国のスパイを仲間に引き入れることを狙っていたのかもしれない。

「……私は、まんまとお前に釣り上げられてしまったわけか」

「いやいや、なんで悔しそうな顔してんだよ」

ジンは確信に満ちた笑みとともに言い放った。

「俺たちは、同盟の締結を祝い合うべきだろ？」

◇

「それで私は、この男から真実を聞いた。お前たちの目的や、ニーナ……お前が特異能力者を演じ続けてきたことも」

「まあ、信頼してもらうためには情報開示が必要だからね」

「……そんな打算をわざわざ口にするのも、何かの戦略か？」

「すぐにナイフを向けてくるなよ。俺が先端恐怖症だったらどうするつもり？」

呆《あき》れたように肩を竦《すく》めながら、共犯者はこちらに悪戯《いたずら》めいた笑みを向けた。

「……まあこんな感じだよ、ニーナ。今まで黙ってたのは、エマを仲間に引き入れられる確証がなかったからってだけ」

そう説明されながらも、ニーナは感情の置きどころを決めかねていた。

エマは晴れて自分たちの共犯者に加わった、のだろうか。

しかしニーナの脳裏には、仮面を被《かぶ》った襲撃者が向けてきた濃密な殺意がまだこびりついてしまっている。

──恐らくエマは、まだ自分のことを憎んだままだ。

「ジン・キリハラ、問題が一つ残っている。私はまだ、この怪物のことを信用していない」

禍々《まがまが》しい圧力を放つナイフを握ったまま、エマが近付いてくる。

ニーナは瞬《まばた》きをする権利すら封じられてしまった。

「ニーナ・スティングレイ。お前の二人の兄は〈白の騎士団〉のメンバーだったな」

「……うん」

「私の同胞たちは、何人も〈白の騎士団〉に殺されてきた。彼らがどれほど残酷な目に遭ってきたかなんて、新聞には書かれていないだろう」

そう言ったエマの瞳には、一切の光が射《さ》していない。

彼女の背後にある人生を、ニーナは何も知らない。冷戦中の敵国に潜入することを命じられた幼い少女が辿《たど》ってきた地獄を、正確に想像することもできない。

兄たちに殺された人々の中に、彼女にとって大切な誰かがいたのかもしれないのに。

「ある諜報員《ちょうほういん》は、全身のあらゆる部位を鋸《のこぎり》で切断された状態で見つかった。四肢が欠損した死体の隣に置かれていたのは、バラバラの肉塊が詰め込まれたバケツが四つ。後で仲間が調べてみると、バケツの重量を合計すると諜報員《ちょうほういん》の体重のちょうど半分になったとのことだ。

結婚を間近に控えていた若い諜報員《ちょうほういん》は、特異能力で壁に埋め込まれた状態で餓死していた。腹立たしいことに、壁の下には大量の食糧が積み上げられていたらしい。目の前に食糧があるのに最期《さいご》まで身動きが取れなかった彼女の絶望は、想像することさえ難しい」

「……ごめん、なさい。私は何も知らないで」

思えば、似たような謝罪の文句をジンにも言った気がする。

彼の育ての親を殺したのもまた、ニーナの兄たちだった。

だが、ここまで残酷な方法で虐殺を繰り返していたなどとは思いもよらなかった。いや、想像することを脳が拒んでいたのかもしれない。詳細を知った上で平然と生きていけるほど、彼女は鈍感な生き物にはできていない。

そもそも、今エマが語った地獄は氷山の一角に過ぎないのだろう。

いったい、どれだけの人々の犠牲の上に、あの屋敷《やしき》での優雅な暮らしが成り立っていたのだろう。

そう考えただけで、心臓の中を満たす何かが沸騰していくのを感じた。

「兄たちがやったことを、『仕事だから仕方なかった』なんて庇《かば》うつもりはない。だってあの人たちは本当に残酷で……。〈白の騎士団〉に入ったのも、合法的に人を傷つけられるからってだけなのかもしれない」

「それで？　お前が責任を取ってくれるのか？」

ニーナは、こちらを見透かしてくる深緑の瞳を見つめ返した。

今この場に、中途半端《ちゅうとはんぱ》な演技なんていらない。

嘘《うそ》も詐欺《ペテン》もない、存在の根底にある本心を語らなければならない。

いつの間にかニーナは、自分が何を言うべきかを理解していた。

「……ごめん、エマ。それは少し待って欲しい」

「なんだと？」

「……ずっと考えてたんだ。たくさんの人を騙《だま》してまで――たくさんの罪を背負ってまで目的を成し遂げたいくらいに、強い意志が私にはあるのかって」

たった今芽生えた想《おも》いを世界に繋《つな》ぎ留《と》めるように、ニーナの独白は続く。

「育ての親を奪われてしまったジンと同じだけの覚悟が、きっと私にはなかった。そんなだから、いつの間にか中途半端《ちゅうとはんぱ》な罪悪感で雁字《がんじ》搦《がら》めになっちゃってた」

あれほど濁っていた視界が、一気に透き通っていく。

それは薄暗闇に目が慣れてきただけなのかもしれないけれど、ニーナは確かに勇気を受け取ることができた。

「でも、やっと私は……自分がここに立っている意味を見つけたんだ」

誰かを騙《だま》してでも、たとえその誰かを傷つけてでも、前に進まなければならない理由。

詐欺師としての業《ごう》から逃げずに、運命に立ち向かっていく確固たる理由。

自分が嘘《うそ》を紡《つむ》ぐ理由。

たった今、ニーナはその答えを見つけ出すことができた。

「私は〈白の騎士団〉にいる二人の兄の罪を暴きたい。これ以上誰かを苦しめてしまう前に、自分の手で倒してやりたい。ジンの育ての親を、エマの同胞たちを殺した――あのろくでもない悪魔たちを」

「そのために罪を重ねる覚悟はあるのか？　命を賭ける覚悟は？　どうなんだ、詐欺師」

「覚悟は決まってるよ。……私はもう、あの人たちを許しておけない」

屋根裏の隠し部屋に、沈黙の幕が下りる。

お互いがお互いの瞳を見つめたまま、永遠と見紛《みまが》うような時間が過ぎていく。

審判の時を待つ羊たちのように、誰も何も言わなかった。

「……安心した」

そう切り出したのはエマの方だった。

彼女は黒いコートにナイフを仕舞って、右手をそっと差し出してくる。

「義憤……まあ動機としては悪くないか。少なくとも、私への罪滅ぼしなんてか弱い理由よりはましだ。もしそんなことを口にしていたら、私はお前を見捨てていた」

「ちょっとエマ、俺の大事な共犯者を試すような真似《まね》はやめてくれる？」

「お遊びじゃないなら、このくらい当然だ」

憮然《ぶぜん》とした態度で言ったあと、エマはいきなり小声になった。

「……というか、その名で私を呼ぶな。何度も言っただろ。今の私はエマ・リコリスじゃない」

新しい共犯者に認められたことに安堵《あんど》していたニーナも、流石《さすが》に今の発言を見逃すことはできなかった。

「……ん？　どういうこと？」

「ほら、あんたが紛らわしいこと言うからニーナが混乱してるだろ」

「私は事実を言ってるだけだ。エマと私は全く別の人格。それに、エマの方は私の存在に気付いてすらいない」

衝撃的な事実を聞いているはずなのに、ニーナは妙に納得していた。

普段のエマと目の前にいる少女は、あまりにもかけ離れた存在に見える。ただの演技でどうにかできるレベルでは断じてなかった。

別人格というのなら、きっとそれが正解なのだろう。

「じゃあさ、あんたの名前は？」

「……私は諜報員《ちょうほういん》だぞ。そんなもの必要ない」

「えー、面倒臭い設定だなあ。呼び名がないなんて不便すぎない？」

「なっ、なんだと……？　敵国の諜報員《ちょうほういん》を捕まえて、不便など……」

「じゃあ便宜上、エマ（偽《にせ》）って呼ぶことにするよ」

「それなら普通にエマと呼べっ！　お前、ふざけてるな？」

敵国の諜報員《ちょうほういん》すらも自分のペースに引き込んでしまう共犯者は、やはり頼もしすぎる。

淡い色の唇から、思わず笑いが零《こぼ》れてしまった。

――国家を敵に回した伝説の大悪党に育てられた天才詐欺師。

――〈白の騎士団〉に所属する二人の兄を持ち、帝国中にその名を轟《とどろ》かせる怪物。

――そして、帝国と冷戦状態にある共和国から送り込まれた凄腕《すごうで》の諜報員《ちょうほういん》。

そんな危険な三人が手を組めば、どんな奇跡も必然に変えられる。

この嘘《うそ》に塗れた世界を、それ以上の嘘《うそ》で騙《だま》し通《とお》すことができる。

「さて、感動に浸る時間はここまでだ。やるべきことがまだ残ってる」

ジンは闇色の瞳に凶悪な光を灯《とも》らせた。

「とりあえず現状を整理してみようか。まず、俺たちの共通の目的は〈羊飼いの犬〉の特定および拘束だ。奴《やつ》は学園に紛れたネズミを探し出すために強硬手段を取ってきた」

「お前がそうなるように誘導したんじゃないのか」

二人の間では、すでに〈羊飼いの犬〉が誰なのか目星がついているようだった。

そしてそれは、ニーナの脳裏に浮かんだのと同一人物なのだろうか。

「まあどっちにせよ、俺たちはカレンを倒さなきゃ生き残れないんだよ。どうやらあいつは、俺たちの死体を見るまで〈陽気な葬儀屋《アンダーテイカー》〉の発動を止めないつもりっぽいし」

「今のカレン・アシュビーには、お前たち二人を消す正当な理由がある。これだけ派手に暴れても、誰かに学園長との繋《つな》がりを疑われる心配はないだろうな」

「ちょっ、ちょっと待って！　カレンはメイドのサティアが襲われたから暴れてるんでしょ？だったら、サティアは誰に襲われたの？」

「あー、そんなの自作自演に決まってるじゃん」

「それって……」

自分たちを襲う大義名分を作るためだけに、親友を手にかけたというのか。

いや、だが……先程対面したカレンからは、安い嘘《うそ》の気配など微塵《みじん》も感じられなかった。

どうしても残酷な真実を否定したいニーナの脳裏に、一つの可能性が浮かび上がる。

——自己洗脳。

以前、ベネットを倒す際にニーナ自身が使ったのと同じ手だ。サティアを襲ったのが自分以外の誰かだと思い込むことで、カレンは高精度の嘘《うそ》を実現させている。そして、彼女に自己洗脳の才能があることは、道場で〈条件付け〉の修行をする姿から簡単に想起できた。

手足が独りでに震える。

喉が渇き、視界が急にぼやけていく。

——あれと、今から戦うのか。

「……で、お前たちはなぜ笑っている？　状況がわかってるのか？」

エマに言われて初めて、ニーナは自分が少しも絶望していないことに気付いた。

恐怖と高揚。相反する二つの感情を、ニーナは矛盾することなく抱えている。

「だって、こんな楽しい展開はなかなかないだろ」

目の前で口の端を吊《つ》り上《あ》げるジンを見て、彼女はかつて聞かされた金言を思い出す。

——真に精巧な嘘《うそ》は、一種の芸術のようなものなんだ。

今ジンの頭の中では、あの怪物を倒すための壮大な嘘《うそ》が組み上がっている。

ニーナは、一刻も早くその全貌を聞きたかった。世界ごと騙《だま》すような策略に、すぐにでも参戦したかった。

「ごめんエマ、私も同じ気持ちなんだ」

そう告げると、新たな共犯者は心底呆《あき》れた表情で溜《た》め息《いき》を吐《つ》いた。

「……同盟を組む相手を間違えたかな」

エマの皮肉を笑って受け流し、ジンが最後の作戦を説明し始める。

第七章　青き夜の逃亡劇、希望は儚く摘み取られる

Lies, fraud, and psychic ability school

地平線の向こうへと追いやられた太陽が、最期《さいご》の輝きを世界に投げかけている。

炎のような色彩に埋め尽くされた空の下では、凄惨な光景が繰り広げられていた。

世界を満たす様々な光を反射して輝く荒波に内側から押し広げられて、第一女子寮はすでに倒壊。結晶群はなおも増殖を続け、破壊の範囲を広げていた。

途方もない破滅の光景を、彼女は冷静な思考とともに見つめていた。

学園を地獄に引きずり込んだのは、何も憎悪《ぞうお》に支配されているからではない。ただ単純に、学園に害を為《な》すネズミを炙《あぶ》り出《だ》すのに最適な手段だと考えたためだ。

彼らの目的が〈羊飼いの犬〉の特定なら、こんなに分かりやすい餌はないだろう。

それに、このまま放置すればいずれ殺されてしまうとなると、破壊を阻止しにやってくるのは必定だ。

こちらには復讐《ふくしゅう》という大義名分があるので、学園長との繋《つな》がりを他の生徒たちに悟られることもない。教官側にいる特異能力者によって女子寮は一晩で修復されるだろうし、学園に反抗

的な態度を見せている生徒以外は傷つけないように配慮もしている。

「……見ていてください学園長。すべての脅威を、必ず摘み取ってみせます」

祈りにも似た響きが、美しい光景の中に溶けていく。

学園長に状況を報告するのは、ネズミの首を刈り取ってからだと決めていた。

そうすれば多忙な学園長を煩わせずに済むし、何より自分の有用性をこれ以上ないほどに示すことができる。

その暁には、ようやく彼に相見《あいまみ》えることができるかもしれない。

◇

第一女子寮の跡地にニーナが辿《たど》り着《つ》いたとき、カレン・アシュビーは茜色《あかねいろ》に光る結晶の山の頂上に座り、虚空《こくう》を見上げていた。

今もなお結晶は破壊を伴う増殖を続けているが、カレンを中心とした半径一〇メートルほどの範囲内ではほとんど動いていない。自分自身が圧死してしまわないため、部分的に増殖速度を緩やかにしているのだろう。

「スティングレイ、あんたの方から顔を見せてくれるとはね」

結晶の上に座ったまま、カレンが目だけを向けてきた。

「というか、どうやってここまで来た？　簡単に近づける状況じゃないはずだけど」

思ったよりも冷静な声に、ニーナは改めて気を引き締める。

本当は飴《あめ》によるドーピングで身体能力を強化したエマに運んでもらったのだが、もちろんそんな事実を教えるつもりはない。

「よっぽど怖がりさんなのか、あなたの結晶は私だけを綺麗《きれい》に避けて動いていましたよ。不思議な現象があるものですね？」

「サイコキネシスによる防壁か。まあ、そのくらいは当然だよね」

「ところでカレンさん、学園側には許可を取っているんですか？　好き勝手に暴れ回っているようですが……」

「そんなもの必要ない」

「平然と言い放ちましたね」

「だって、あたしには大義があるからね。親友《サティア》を痛めつけた極悪人には、報いを受けさせなきゃいけない」

ただの口実だ、とニーナは内心で吐き捨てる。

サティアの一件は自作自演。万が一サティアが無事だとしても、襲われたことにしてどこかに匿《かくま》っているに決まっている。学園長との関与を誰にも疑われない形で共和国のスパイを仕留めるには、これが最適解ということだろう。

そもそも、学園はなぜこの事態に何の反応も見せないのか。

入学試験免除組への忖度《そんたく》？

まだ死者が出ていないから状況を甘く見ている？

それとも、暴走を引き起こした張本人が学園側の人間だから？

——流石《さすが》に、どれが適切な答えなのかはわかりきっている。

「まあ、あなたの動機に興味はありません」

「あたしは興味津々《きょうみしんしん》だね。どうしてサティアを襲った？」

「見事な被害妄想ですね」

「だったら、あんたはなぜここに現れた」

「……別に、目障《めざわ》りな人間を排除しにきただけです」

ニーナは心なき怪物の笑みを纏《まと》う。

「私はですね、カレンさん。子供みたいに駄々をこねて、見境なく暴れていれば何でも思い通りにできると勘違いしている方が一番嫌いなんです。だって、あまりにも分を弁《わきま》えていない。自分が世界の中心だなんて、思い上がりも甚だしいと思いませんか？」

「つまり、何が言いたいの？」

「勘が悪いですね、今ので伝わりませんでしたか？　このハイベルク校で、自分よりも遥《はる》かに下等な存在が調子に乗っているなんて、私にはどうしても許せないんですよ。汚らしい害虫が部屋を堂々と横切ると殺意が湧くでしょう？　それと同じ感覚です」

それを聞いたカレンは、心の底から可笑《おか》しそうに笑った。

この瞬間だけを切り取れば、まるで世界が地獄で溢《あふ》れてなどいないように思える。そのくらい純粋な表情で、カレンは笑っている。

「やっぱ面白いね、あんた。ところで……」カレンは不意に立ち上がった。「あたしとやり合うってことは、必然的に殺し合いになるよ」

カレンの全身から、鋭利な殺意が噴出する。

逆光に視界を遮られて表情を窺《うかが》うことはできない。それでも、今の彼女が恐ろしく冷酷な目でニーナを見つめていることだけはわかる。

——よし、釣れた。

ここまでは全て計算通り。

こうして挑発に乗ってくれた以上、向こうは必ずこちらの要求を呑《の》んでくる。

「殺し合いは望むところですが……。カレンさん、悲しいことにこの学園は無法地帯ではありません。治外法権という名の秩序があるんですよ。どうせ殺し合うにしても、誓約書への記入はした方がよさそうです」

「〈決闘《コンバット》〉か。いいよ、ルールはどうするの？」

「単純な戦闘でいいでしょう。勝利条件は、どちらかが戦闘不能になるか、降参を認めるか。

あ、降参という逃げ道を用意したのはあなたへの情け心です。

もちろん、敗者には所持ポイントを全て失って学園から追放されるというペナルティを課しましょう。負けた後も命があればの話ですけどね。そして会場ですが、以前私のクラスが〈実技試験〉で使った旧校舎なんて丁度いいと思います。あそこなら周囲に人はいませんし、屋内の方があなたも戦いやすいでしょう？」

「わかった、それでいいよ。さっさと誓約書を……」

「そう慌てないでください。念のため、いくつか細かい条件も設定させていただきます。

一つ、お互いが旧校舎内の任意の部屋に隠れた状態でゲームスタート。開始の合図は、あのブリキ人形――立会人のジェイクにお願いしましょうか」

「なんでそんな回りくどいやり方を？」

「この前やった実技試験――〈ハイド・アンド・シーク〉のルールになぞらえているんですよ。まあ、ただの遊びです。どの道、私とあなたにはあまり意味がなさそうですが」

「まあいい。残りの条件は？」

「二つ目ですが、戦闘範囲は旧校舎の内部のみにしましょう。そこから五メートル以上離れた場合には無条件で敗北が決定します。もちろん、これは逃亡禁止のルールですね。

そして三つ目。〈決闘《コンバット》〉の当事者以外に危害を加えた場合にも敗北となる、も追加しましょう。私とあなたの特異能力を考えれば、一応はこういった配慮も必要だと思いまして」

「罠《わな》を張ってるのが見え見え。『戦闘範囲内に入ってきた者や、戦闘範囲外から何らかの手段で〈決闘《コンバット》〉に関与してきた者に対しては三つ目のルールは適用されない』って文言を付け加えてくれる？」

「……わかりました。追記しておきましょう」

ニーナは制服のポケットから取り出した誓約書に、カレンが言った条件を書き加えていく。

もしこのルールを見逃すようなら、旧校舎に忍び込んだジンがわざと負傷することで強引に反則勝ちをもぎ取るというイカサマも使えたのだが、流石《さすが》にカレンは慎重だった。

こちらがジンと共闘する可能性があることは、向こうも予測しているのだろう。『戦闘範囲への部外者の侵入を禁じる』というルールを提案してこないのは、邪魔者をまとめて排除するという狙いからのものだろうか。

冷静な思考がベースにあった上で、敵を追い詰めるためのカードとして『暴走』や『狂気』を使うことができるほど強力な特異能力者。ベネットの時もそうだったが、入学試験免除組は存在そのものが反則めいている。

内心で毒づきながらも、分厚い演技を纏《まと》っているニーナは凄絶《せいぜつ》な笑みで闘争を歓迎した。

「では、ルールはこれで決定ですね。誓約書にサインをお願いします」

「ああ、少し待ってろ」

カレンは軽快な動きで結晶の山を駆け下り、ニーナの元へ近付いてくる。彼女が口許《くちもと》を手の甲で拭うと、それに呼応するように周囲を埋め尽くしていた結晶が崩壊を始めた。

大量の結晶が光の粒子に変換され、風に吹かれて舞い踊る。

あまりにも荘厳《そうごん》で、絵空事めいた光景。美しさも度が過ぎると、見る者に恐怖をもたらすことをニーナは初めて知った。

当のカレンは気に留める様子もなく、平然とした顔で誓約書への記入を完了させた。

「これでもう、あんたもあたしも後戻りはできない。後悔しても無駄だから」

「私が、後悔しているように見えますか？」

「……はっ、そうこなくっちゃね」

話の通じない怪物の笑みを仕掛けてみても、カレンは一切動揺していない。それどころか、興奮に湧き立っているようにしか見えないのが恐ろしかった。

カレンはこちらの策をどこまで読んでいるのだろう。

相手は、自らの正体を隠してこちらを探ってくるような人間だ。当然ながら嘘《うそ》つきの思考を身に付けているだろうし、戦う前の準備を怠るタイプではない。

しかも、自分たちはすでにベネット・ロアーを倒しているのだ。

今回は、初めから舐《な》めてかかってきてくれるという展開は一切期待できない。

——ううう、激しく帰りたい……！

頭の中には白旗を振りながら泣き叫んでいる自分もいる。それは確かだ。

しかしニーナもまた一流の嘘《うそ》つきだった。

脚本なら、あの頼もしい共犯者が書いてくれた。自分はただ、本心を表情筋の裏側に押し込めて、世界を騙《だま》し通《とお》す嘘《うそ》を演じればいいだけ。

空を埋め尽くしていた光の粒は、もうすっかり霧散してしまっている。

二人の嘘《うそ》つきはお互いの瞳を正面から捉え、その中で揺らめく勝利への確信と、この上なく濃密な策略の気配を見た。

＊　一〇分後　＊

〈決闘《コンバット》〉の会場となる旧校舎に辿《たど》り着《つ》いたカレンは、ガラスが全て崩落した扉を潜ってエントランスに足を踏み入れた。

そのまま廊下を歩き、一階の東端にある角部屋を目指す。

ニーナとの取り決めで、お互いに三分の間隔を空けて建物内に入ることになっている。つまり、〈決闘《コンバット》〉が始まった時点では敵の位置はわからないことになっているということだ。

先日やった〈実技試験〉と同じ。かくれんぼ《ハイドアンドシーク》というゲーム名とは裏腹に、カレンにとってはただの解体工事に過ぎなかったけれど。

あのときの対戦相手たちは圧死される前に降伏してきたが、今回はまた違う展開になることだろう。

なんせ、相手はあのニーナ・スティングレイだ。

「さて、あんたはどう仕掛けてくる？」

凄《すさ》まじい速度で増殖する結晶で相手を切り裂き、押し潰すことができるカレンにとって、逃げ場が制限される屋内は圧倒的に有利な戦場だと言える。

それを承知でこの場所を指定してきた時点で怪しい。

間違いなく、ニーナたちは何らかの策を用意している。

とはいえ、不安などは特にない。カレンの特異能力には、ほとんどの生徒に知られていない隠し機能があるのだから。

カレンが生み出す結晶は、一つ一つはただの無機物に過ぎない。部屋に飾って眺めているくらいしか使い道のない、無害な石ころのようなものだ。

だがそれも、ある程度の大きさに成長すればある性質を帯びる。

それは、強力な絶縁体質。

単に電気を通さないというだけではない。熱や振動、特異能力の発動時に生じる不可視のエネルギー——つまりはサイコキネシスの類まで、完全に遮断してしまうのだ。もちろんニーナほど強力な使い手と戦ったことはないが、まるで通用しないということはないだろう。

要するに、ニーナにとって自分は天敵なのだ。

いくら相手が強力な特異能力者だとしても、正面からの戦闘で後れを取ることはない。向こうに勝機があるとすれば、事前に用意した搦《から》め手《て》くらいだろう。

——そして自分は、向こうが仕掛けてくる策まで読み切っている。

『てめーら、配置についたな？』

窓の外から、機械的に合成されたような少年の声が聴こえてくる。

学園長ジルウィル・ウィーザーの特異能力によって命を吹き込まれた、ブリキ製の猫の人形。〈決闘《コンバット》〉の際には、彼が立会人を務めることになっている。

立会人のジェイクは、そこに見えない床でもあるかのように空中で停止していた。

『念のため確認しておくぜ、てめーら。誓約書に記入されたルールが絶対なのは知ってるな？ベネット・ロアーの一件以降はルールに人殺し禁止を加える連中がほとんどみてーだが、お前らはコレで大丈夫ってことなんだな。……あーそうか、隠れてるから返事ができねーのか。もう面倒くせーから、了承したと受け取るぞ』

カレンはブリキ人形の戯言《たわごと》を聞き流しながら、旧校舎の全体像を整理する。

築年数は恐らく一〇〇年以上。煉瓦造《れんがづく》り。四階建て。教官の特異能力で何度も修復されているが、建物の素材そのものは酷《ひど》く老朽化している。正確な坪数などは知らないが、一フロアに教室が四部屋ずつ入っている一年生の教室棟よりも少し広いくらいか。

——まあ、ニーナがどこに隠れていようと関係ない。

彼女がやるべきことはもう決まっていた。

『よし、〈決闘《コンバット》〉スタートだ』

ジェイクの合図と同時に、カレンは特異能力を発動した。

突き出した掌《てのひら》の先に生成された結晶の欠片《かけら》が、爆発的な増殖を始める。

カレンは身体の中心に力を貯《た》めることを意識して深く息を吸い込んだ。インチキ師範代に学んだ、能力増強のための呼吸法。

呼吸法自体に科学的根拠など必要ない。何度も繰り返した〈条件付け〉によって、彼女は一連の動作そのものを、集中力を高めるための引き金に変えていた。

これで、いたずらに暴走を続けていた結晶の群れが制御可能となる。

カレンはまず、結晶を増殖させる方向を操作することにした。

自分が今いるのは一階の角部屋なので、背後と床に意識を巡らせる必要はない。破壊すべき対象がいるはずの斜め前方に向けて、結晶を逆向きの円錐状《えんすいじょう》に迸《ほとばし》らせていく。

その一　ハイベルク校の生徒を相手にした場合。

その二　自分またはサティアが危害を加えられた場合。

これら二段階の条件付けによって、〈陽気な葬儀屋《アンダーテイカー》〉の出力制限《リミッター》はすでに解除されていた。

結晶の増殖速度はどんどん速くなり、最大出力に到達するのも時間の問題だ。

ニーナやその協力者がどこに隠れていようと、一〇分も経たないうちに結晶が建物全体を破壊し尽してしまうだろう。窓の外の月が投げかける青い光を反射して、結晶の波濤《はとう》は不吉な輝きを放っていた。

上方から、何かが爆発する音が鳴り響く。

建物ごと震わせるような怒号の中には、結晶が砕け散る高音も混じっていた。

——なんだ？　スティングレイの特異能力か？

この結晶はサイコキネシスの類を通さないはずだが、ニーナの〈災禍の女王《メイルストロム》〉だけは別だということだろうか？

「いいね、面白い」

大義とは関係のない部分で、自分がこの戦いを歓迎していることに気付いた。

ハイベルク校に入学して以来〈決闘《コンバット》〉で何人もの生徒を絶望の底に突き落としてきた彼女だが、ここまで得体の知れない相手と戦うのは初めてだったのだ。

「……原形がなくなるまで磨《す》り潰《つぶ》してやる」

口の端に壮絶な笑みを携えて、カレンは特異能力の出力を更に高めた。

◇

——ああもうっ！　ヤバいヤバいヤバいっ！

口許《くちもと》を両手で押さえながら、ニーナは湧き上がる悲鳴を懸命に堪えていた。

床下が凄《すさ》まじい音を立てて歪《ゆが》み始《はじ》めたかと思うと、次の瞬間にはそこから蒼白《あおじろ》く光る結晶群が間欠泉《かんけつせん》のように噴き出してくる。結晶群は巨大生物の牙のように鋭利な刃を纏《まと》っており、少しでも回避が遅れれば間違いなくバラバラになっていた。

一秒ごとに希望が削り取られていく恐怖で、頭がどうにかなりそうだ。

「じっとしていろ、そんなに死にたいのか？」

ニーナを両手で抱きかかえているエマが、冷静に言い放った。

仮面を被《かぶ》った彼女は廊下を立体的に飛び回り、増殖する結晶の奔流を凄《すさ》まじい速度で置き去りにしていく。

空中で身体を反転させたエマが、アシュビー家が工場で量産している汎用手榴弾《しゅりゅうだん》——エマが自室に保管していたものだ——を結晶に向けて投擲《とうてき》。爆発によって飛び散った鉄の欠片《かけら》が迫りくる結晶を破砕していくが、この程度では大した時間稼ぎにもならない。

なんせ、結晶は破壊された箇所からまた増殖し始めるのだ。

押し寄せる荒波に小石を投げ込んでいるようなもので、彼女の抵抗も大きな力の前では全くの無意味に思える。

「本当に、手榴弾《しゆりゆうだん》を投げながら逃げ回ってるだけでいいのか⁉」

「……うん、あとはジンがやってくれるはず」

「私は、お前ほどあの男を信頼していないっ！」

悪態を吐《つ》きながら走り続けるエマに必死にしがみつき、ニーナは作戦開始前に共犯者が言った台詞《せりふ》を思い返す。

――脳の処理能力には限界がある。警戒しなきゃいけない要素が多ければ多いほど、相手の判断力は鈍くなるんだよ。

ニーナたちの役目は、特異能力で応戦するフリをしながら逃げ続け、敵の思考回路に負荷をかけることだった。

カレンが生成する結晶がサイコキネシスを通さないことは事前の調査で知っている。結晶が破壊される音が鳴り響くだけでも、少しくらいはカレンを動揺させることができるだろう。

もちろん、こんなものは些細《ささい》な嫌がらせに過ぎない。

全ては、ジンが用意した切り札を確実に通すための布石なのだ。

「というか、こんな明らかな反則をして立会人《ジェイク》にバレないのか⁉」

「ジェイクはただの高性能無線機だって、いつかジンが言ってた。映像記録機能なんてついてないし、こんな轟音《ごうおん》の中だったら私たちの会話も聴こえない」

「くそ、私ですら掴《つか》んでいない情報をスラスラと……」

壁を突き破って襲い掛かってきた結晶を躱《かわ》しながら、エマが更に悪態を吐《つ》く。

「お前たちは異常だ。いつもこうやって異端者《フリークス》どもと戦っていたのか」

「あなたと違って、ドーピングも使えないしね」

「……狂気の沙汰だ」

すっかり慣れてしまっていたが、確かに嘘《うそ》と演技が上手《うま》いだけの一般人が怪物たちに挑むなんて無謀にもほどがある。自分たちよりも戦闘能力に優れるエマでさえ、無用な戦いに巻き込まれないよう慎重に立ち回っていたというのに。

――とはいえ、こちらには確かな勝算がある。

飴《あめ》が完全に溶けるまでという制約はあるものの、エマの強化された身体能力なら結晶に追い付かれることはない。以前ニーナとジンが仕掛けたトラップを軽々と躱《かわ》したように、壁や床を突き破ってくる奇襲攻撃も彼女なら事前に察知することができるかもしれない。

もちろんこの逃亡劇には物理的な限界もあるが、ニーナは不安を抱いてはいなかった。

なぜなら、自分たちには頼もしい共犯者がついている。

ニーナは、つい数十分前に屋根裏の隠し部屋でジンが語った、長期にわたる仕込みの全貌を思い出した。

◇　三〇分前　◇
「〈強制停止コード〉？」

屋根裏の隠し部屋で、ニーナとエマは声を揃《そろ》えて復唱した。

ジンが落とした言葉の意味を上手《うま》く咀嚼《そしゃく》できず、ニーナは思わず聞き返す。

「えっと、それってどういう……」

「ネイサンの道場で胡散臭《うさんくさ》い呼吸法の訓練をしてるとき、俺はずっとカレンの動きを観察してたんだ。そしたら、あいつが特異能力を解除するときに共通して行なう動作があることに気付いた」

「……あっ、そういえば！」

ジンは口の端を歪《ゆが》ませた。

「気付いてた？　カレンは特異能力を解除するとき、必ず手の甲で口許を拭うんだよ。恐らく、それが〈陽気な葬儀屋《アンダーテイカー》〉の強制停止コードだ」

「ちょっと待て」エマが口を挟む。「手の甲で口許《くちもと》を拭うなんてありふれた動作だ。ただの癖かもしれない。そんな不確かな情報に縋《すが》るつもりか？」

「〈条件付け〉だよ、エマ。諜報員《ちょうほういん》ならたぶん知ってるだろ？」

カレンは、強力すぎる特異能力の制御に心理的な〈条件付け〉を利用している。それは、あ

の道場で本人が明かしてくれた情報だ。

特定のルーティーンを行なうことで自動的に深い集中状態に入れるように、自分自身を入念に調教しているのだ。

「特異能力を制御するために、カレンは〈東方式呼吸法〉を引き金にして集中状態に入らなきゃいけない。そこまでしないと制御できないほど厄介な特異能力なら、解除にも特定のルーティーンが必要だと考えるのは何もおかしくないだろ？」

「……お前の狙いはだいたいわかった。カレンに無理矢理ルーティーンを実施させて、特異能力を強制停止させるつもりなんだな？」

「まだ不満そうな顔だなぁ」

「当然だ。……手の甲で口許《くちもと》を拭うなんて動作を、戦闘中にどうやって強制させる？」

エマの疑問は当然だった。

ただでさえ戦闘能力に途方もない断絶がある相手を前にして、強制停止コードの発動を狙うなんて無謀にもほどがある。

もはや、砂漠に雪が積もるのを祈るようなものだ。そんなものは作戦とは呼ばない。

「本当の強制停止コードが、別にあるとしたら？」

ジンは確信に満ちた表情で言い放った。

「いや、今のじゃわかりにくいか。手の甲で口許《くちもと》を拭うのは、条件を満たすための過程にすぎないって言った方が適切かな」

「どういうことだ？」

「匂いだよ、エマ」

まだ真意を呑《の》み込《こ》めていない様子のエマに、ジンは淡々と説明する。

「最初に違和感を覚えたのは二週間くらい前。知り合いの探偵に、カレンの実家周辺を探らせてたんだ。そしたら、二週間に一度ほど、第一女子寮のカレンの部屋に実家から荷物が届けられていることが判明した」

「たぶん、メイドのサティアが発注してるんだよ。あの部屋には、来客用の茶葉とかお菓子とかがたくさんあったし」

「ニーナの言う通り、カレンが快適な学園生活を送るための配慮だと思うよ。それ自体には何の不思議もない。……でも俺たちは念のため、運送業者をちょっと買収して荷物の中身を検《あらた》めさせてもらった。一週間くらい前のことだったかな？」

「……この悪党」

「別に、ただ箱の中身を見せてもらっただけだよ。その中に入っていたのは、茶葉・お茶菓子・歯ブラシや石鹸《せっけん》のような日用品——そして、香水の入った瓶」

「香水」

ニーナは思わず繰り返した。

女子生徒が香水を付けているなんて不思議でもなんでもない。ニーナだって、以前ジンからプレゼントされたものをこっそりつけることもあるのだ。

それがいったい何だというのだろう。

「ニーナ、同じ女性のあんたから見て……カレンは、香水なんてものをつけるようなタイプに見えるか？」

「……確かに、ちょっと意外かも」

整った容姿のせいで見落としがちだが、そういえばカレンは化粧すらほとんどしていない。美容やお洒落《しやれ》なんかよりも学園での闘争に精を出している人間が、香水だけはつけているというのは確かに違和感があるかもしれない。

「おかしな点はまだあるよ。香水の瓶には〈エイリスの六番〉って商品名が書いてたけど、俺の記憶が確かならそんな商品は実在しない。なんせ、エイリス社がリリースしてる香水は五番までなんだから。……恐らくアレは、アシュビー家がメーカーに作らせた特注品だ」

「と、特注品？」

「要するにカレンは香水に異常なこだわりを見せてるわけだけど、ニーナ、実際にあいつに対面してどうだった？　香水の匂いなんて漂ってきたか？」

「……ううん、全然」

「だとしたら、いくつかの推測が立つ」

ジンは模造紙に貼り付けられたカレンの写真を叩《たた》きながら告げる。

「カレンが香水をつけているのは手の甲だけ。しかも、手の甲を口許《くちもと》に近づけないと匂わないほど微量しかつけてない。それはなぜか？」

「……戦闘中に誤って嗅いでしまうのを防ぐため」

エマの呟《つぶや》きは正解だったようで、ジンは指を鳴らしながら彼女を指差した。

「そう仮定するなら、お洒落《しゃれ》に無頓着なカレンがわざわざ特注品を作らせた理由にも説明がつく。世界に一つしかない匂いなら、対戦相手が偶然同じ種類の香水をつけてて特異能力が発動できない、なんて間抜けな事態を回避できるだろ？」

「つまり、香水の匂いを嗅がせることができればカレンの特異能力を強制停止できる……。まさか、ベネットのときもこうやったのか？　相手の特異能力の弱点を突く詐術が、お前の無効化能力の正体ということか」

「まあそういう感じ。一つ勉強になっただろ？」

皮肉めいた笑みを浮かべながら、ジンは床板の隠し収納の中から木箱を取り出す。

その中には、人差し指ほどの大きさの円柱が三つ入っていた。円柱の先端についているノズルを見て、ニーナとエマは彼の狙いを理解する。

「で、その香水がこのスプレーの中に入ってる。俺たちの最終目的は、これを至近距離で噴射してカレンに匂いを嗅がせることだ。一プッシュ分しかないから大事に扱ってよ。外した瞬間にゲーム・オーバーだ」

「ジン、香水は特注品なんでしょ？　こんなのどうやって」

「未開封の瓶から液体を抜き取る〈中抜き〉って技術だよ。まあこれは、詐欺師ってよりは泥棒とかの領域だけど」

「いったいどれだけの罪を重ねれば気が済むの……」

「いやいや、たった数滴だろ？　こんなの窃盗のうちに入らないよ」

目の前で繰り広げられる犯罪者たちの会話を聞いて、エマは不思議な感覚に見舞われていた。共和国の利益のために身を捧《ささ》げてきた人生で、こんな感情を抱くのは初めてかもしれない。

――彼女は今、確かに高揚している。

この二人は特異能力を持たないばかりか、まともな戦闘訓練を受けた経験すらない。どう考えても、異端者《フリークス》どもに正面から戦いを挑めるような戦闘能力は有していない。

だが、異常な洞察力を持つジンが緻密な脚本を書き、自分とニーナがそれを演じれば――ただの人間の身で、怪物たちを倒すこともできるかもしれない。

何より面白いのは、この二人が本気でそう考えていることだ。

「……さて、これで手札は揃《そろ》った。お二人とも、心の準備はいいか？」

増殖する結晶によって破壊されていく旧校舎を、カレンは冷静に見つめていた。

まだジェイクによる勝利宣言がないということは、ニーナは今も健気《けなげ》に逃げ回っているということだろう。

＊

恐らく、敵は屋上へと逃げている。結晶を足場にして登り続ければ、とりあえずは圧死を避けることができるとの判断だろう。

とはいえ、いつまでも逃げ回っていられないことくらいは気付いているはずだ。

ニーナが指定してきたルールでは、この旧校舎から五メートル離れた時点で自動的に敗北が決定することになっている。

彼女が結晶を足場にして逃げ回っているのなら、このルールはいずれ向こうの首を絞めるだろう。常に体積を増し続ける足場が、旧校舎より五メートル高い位置に到達した時点でこちらの勝利が確定するのだから。

今の増殖速度から考えると、タイムリミットはあと三分強といったところか。

「ねえ、そんなつまんない幕引きだけはやめてよ？」

邪魔者は徹底的に叩《たた》き潰《つぶ》すのが彼女の信念。反則勝ちなど、最初から望んでいない。

──まあ、その前に向こうから仕掛けてくるんだろうけど。

カレンは自分の特異能力を過信していない。むしろ、破壊力だけが取り柄の使いにくい能力だと評価している。

だからこそ、敵の狙いを冷静に看破して器用に立ち回る術を磨いてきたのだ。

当然ながら、向こうが考えるであろう作戦も読み切っている。

「……ほら、来た」

──背後で聴こえた物音。

ここは一階の東端にある角部屋。当然、カレンの後ろには窓しかない。

だから、敵が建物の外から攻めてくることは、彼女の想定通りだった。

「そりゃ、あたしの隙はそこしかないからね！」

カレンの狙いが建物の全壊であることが予想できれば、最初の立ち位置も自《おの》ずと導き出せる。

四方八方に注意を張り巡らす必要がなく、建物の崩壊に巻き込まれて落下するリスクもない場所──それは、一階の西側か東側の角部屋以外に有り得ない。

そこまで読めていれば、あとは窓の外に隠れて奇襲の機会を窺《うかが》うだけでいい。『旧校舎から五メートルまでなら離れてもいい』という不自然なほどに緩いルールも、その作戦を成立させるためのものなのだろう。

カレンは事前に準備していたイメージ通りに、蒼白《あおじろ》く光る結晶を窓へ向けて迸《ほとばし》らせた。

先端を槍《やり》のように研ぎ澄まして、敵を貫くのを目的とした一撃。

襲撃者がニーナではない誰かならば、いつもの質量攻撃で五メートル以上吹き飛ばしたところで何の意味もないためだ。

だが、その一撃は不発に終わる。

カレンが攻撃した窓の外には、誰の姿もなかったのだ。

――今の物音は陽動……！

そこで、カレンはようやく襲撃者の本当の狙いに気付く。

むしろ、どうして今まで気付かなかったのだろう。

結晶が建物を破壊する轟音《ごうおん》のせい？

いつまでも逃げ続けるニーナに気を取られていた？

敵が潜んでいたのは窓の外などではない。

結晶に押し潰されずに済む隠れ場所が、もう一つだけあるというのに――。

「……床下かっ！」

カレンの足元の床板が一枚だけ外れ、そこからスプレー缶を握りしめた少年が姿を現した。

正体を知られないための健気《けなげ》な努力なのだろう、少年は道化師を模した仮面を被《かぶ》っている。

だが、カレンの目を誤魔化すことはできない。

「やっぱりあんたか、ジン・キリハラ！」

なぜかいつもニーナの隣で不敵な笑みを浮かべている、得体の知れない東方人《オリエント》。

その彼が、スプレーのノズルをこちらに向けて突進してくる。

——ああ、そうか。あんたの無効化能力はハッタリだったんだね。

以前からの推測を裏付けることができて、カレンは内心で笑った。

なんてことはない。ジン・キリハラは、ただ単に特異能力の弱点を突いているだけだ。

もちろん、そんな情報を入手して対策を講じるなど、並みの人間には到底できない芸当ではあるけれど。

「……いいよ、受けて立ってやる」

不思議なほど穏やかな気持ちで、カレンは自らに吹きかけられる花びらの香りを受け止めた。

圧縮された時間の中で、彼女は平穏だった日々を思い返す。

苛烈な戦いを終えた後、自室に帰ればいつもサティアが待っていてくれた。

無表情の奥に見える親愛の気配。実験的な配合がなされた創作紅茶の数々。身の回りの世話を焼いてくれる彼女に、素直にお礼を言うのが恥ずかしくなったのはいつからだろう。

目の前では、空になったスプレー缶を後ろに投げつけた少年がゆっくりと歩いてきている。

手に持っている黒い物体はスタンガンだろうか。アシュビー家が運営する武器メーカーにも似たような商品があった気がする。

全てが緩慢に見える世界で、カレンの意識はどこまでも澄み渡っていた。

——そして彼女は、決定的な言葉を言い放つ。

「あんたの作戦なんて、最初から全部読めてたよ」

カレンは深く息を吸い込んで深い集中状態に入ると、右掌《みぎてのひら》を前に突き出した。

その先に生み出された蒼白《あおじろ》い結晶を見て、仮面の穴から覗《のぞ》く目が驚愕《きょうがく》に見開かれる。

バカな、そんなはずはない。

だってカレンは香水の匂いを吸い込んだはずで——。

そんな疑問が頭の中で渦を巻いているのだろう。そこまでカレンにはお見通しだった。

「確かに、特注品の香水を嗅ぐことが〈陽気な葬儀屋《アンダーテイカー》〉の解除条件だった。だけどそれは、つい一週間前までの話だよ。香水の種類なんてもうとっくに変えてる」

解き放たれた結晶の激流が、ジン・キリハラの身体を呑《の》み込《こ》んでいく。

全身が水風船のように破裂して赤い液体を飛び散らせていく様子を見ても、罪悪感などは特に覚えない。

脳内麻薬が分泌され、立っていられなくなるほどの恍惚《こうこつ》を感じる。

圧倒的強者としての愉悦。そんな媚薬《びやく》に、カレンは頭から爪の先まで浸っていた。

美しい墓標の中に閉じ込められてしまった赤黒い肉塊に、彼女は哀れみの表情を向ける。

「少しは考えてみなよ。いったいどこの世界に、ネズミに暴かれた暗号をそのまま使い続けるバカがいる？」

＊　一週間前　＊

いつものようにアシュビー家から届いた日用品を検品していた彼女は、木箱の中に無視できない違和感を見つけた。

アシュビー家に常駐する執事——カレン専属のメイドであるサティアの父親——は非常に几《き》帳面《ちょうめん》な性格で、箱に物を詰める際にも一定の秩序を重んじるような人物だった。

茶葉の袋などの重い物を下に敷き、食器や瓶などの割れやすいものは布や紙で包んで上の方へ。左右の配置なども毎回同じで、〈エイリスの六番〉の香水は中央に鎮座しているのが常だった。

その配置が、明らかに乱れている。

あの真面目な執事が、妙な気紛《きまぐ》れを起こすなどあり得ない。運送業者が勝手に配置を入れ替えるなんて以《もっ》ての外《ほか》だ。

——まさか、何者かが介入している？

突拍子のない発想だとも思ったが、確かめずにはいられなかった。

真っ先に確認したのは香水だった。

液体を収めた翡翠色《ひすいいろ》の瓶には、一見すると何の異変も無い。あらゆる角度から検分し、光に翳《かざ》して見てみても違和感はない。

「……これは」

彼女は、瓶の周囲に巻かれたラベルの糊付《のりづ》けがほんの少しだけズレていることに気付いた。

もちろん〈エイリスの六番〉は、カレンのためだけに職人が手作業で瓶に詰めている特注品だ。このくらいのミスは許容範囲だろう。

しかし、その日の彼女は些細《ささい》な変化を見逃すことができなかった。

固く糊付《のりづ》けされたラベルの僅かな隙間に爪を立てて剝がし、翡翠色《ひすいいろ》の瓶を裸に剝《む》いていく。

そうして彼女は、決定的な証拠を発見した。

ラベルに覆われていた箇所に、針が一本通るほどの微細な穴が開いていたのだ。

穴は同色のガラス片で塞がれてはいるが、明らかに無理矢理接着した痕がある。

──毒薬でも注入された？

──いや、香水にそんなものを仕込んでどうなる。

──目的はもっと別に……。

彼女が結論に至るのに、そう時間はかからなかった。

「……強制停止コード、か」

カレンは、強力すぎる特異能力を制御するためにいくつかの〈条件付け〉を利用している。

胡散臭《うさんくさ》い道場で学んだ呼吸法で集中力を無理矢理高めるのはもちろん、ハイベルク校の生徒で、かつカレンかサティアに危害を加えた相手でなければ最大出力には到達しないという枷《かせ》も己に課している。

そして、香水。

この〈エイリスの六番〉の香りを嗅ぐことで、特異能力が暴走する前に強制停止することができるのだ。

恐らく、敵は瓶から香水を数滴だけ抜き取ったのだろう。

布に染《し》み込《こ》ませるかスプレー缶に入れるかして、〈決闘《コンバット》〉の最中に近付いてくるという浅はかな作戦だ。

「……汚《けが》らわしいネズミめ」

あの計画を始動させる一週間前の時点でこんなことを仕掛けてきているのには驚きを隠せないが、トリックの種が割れれば何も怖くない。

要は、強制停止コードを書き換えてしまえばいいのだ。

カレンは自己洗脳の天才だ。

今から一週間もあれば、別の香水を使って〈条件付け〉をすることも可能だろう。そうと決まれば、早速行動だ。

彼女は女子寮の公衆電話へと歩きながら、友人へのプレゼントを考えるような気楽さでどの香水を選ぼうか検討した。

ふと、頭の中に一つの選択肢が浮かび上がる。

〈条件付け〉の訓練に要する時間を考えたら、香水は今日中に用意する必要がある。だとしたら、市場に広く流通している人気商品以外にありえない。

受話器に耳をあて、電話交換手に番号を告げる。

電話に出た運送業者は明らかに怯《おび》えていた。恐らく金で買収されたのだろうが、ここまで臆病な人間には裏切りなど向いていない。尋問するまでもなく、彼女の仮説は裏付けられてしまった。

彼女は「今日中に香水を寮に届けろ」「次に裏切ったら命はない」と冷酷に告げ、更に恐怖を煽《あお》るため受話器を叩《たた》きつけた。

＊

もはや旧校舎は原形を成していなかった。

膨張を続ける結晶の群が煉瓦《れんが》の外壁を内側から突き破り、鋭利な蒼白《あおじろ》い花弁を月夜に咲き乱れさせている。遠くからはさぞ幻想的な光景に見えていることだろう。

ニーナを担《かつ》いで逃亡するしかないエマにとっては、具現化した死の気配が凄《すさ》まじい勢いで迫って来ているようにしか見えない。

これでは、もはや災害のようなものだ。

それもただの自然現象とは違い、人間の悪意に導かれて動いているのだから始末に負えない。

二人は既に建物内から脱出していたが、恐ろしい結晶は屋上の床すらも突き破ってきた。

「……エマ、結晶がっ！」

「騒ぐな。わかってる」

退路は上方にしかない。

エマは迫りくる結晶に飛び移った。これ以上結晶が増殖し続けたとしても、その上に乗っている限りは押し潰される心配もない。

とはいえ、これは流木にしがみついて洪水の猛威を耐えるような行為でしかない。

異端者《フリークス》どもの強大な力を前にすると、幼少期から壮絶な訓練を受けてきた諜報員《ちょうほういん》ですら無力な羊に成り下がってしまう。

「水位が旧校舎から五メートルの高さまで来たら反則負けだ。大丈夫なのか？」

「大丈夫。結晶の増殖はもうすぐ止まるよ」

「……あの男がそう言っただけだろ」

「きっとジンは、カレンの心理を読みきってる。間違いないよ」

自分たちを徹底的に潰そうとしているカレンが、反則勝ちなどという結末に納得できるはずがない。だから必ず途中で結晶を停止させ、自ら止めを刺すために近付いてくるはずだ——。

異常者の心理を信頼することでしか、この推測は成り立たない。

そんなものを前提に動くなど、常に慎重に立ち回ってきたエマには信じられなかった。

「それに、もうすぐジンがカレンを倒してくれるから」

「どうしてそこまで、あの男のことを……！」

不満はまだまだあったが、これ以上会話を続けている場合ではなさそうだった。

結晶の山を登ってくる人影が、一つ。

エマは唇を噛《か》んだ。

もしその相手がジンなら、結晶など既に消滅していなければおかしいのだ。〈決闘《コンバット》〉はあくまでニーナとカレンの一対一で行われていることになっているのだから、決着がつく前に合流するなんて展開は道理に合わない。

「……隠れるぞ」

——拠《よ》り所《どころ》にすべきなのは、常に最悪の想定だけ。

いつも上司に言われてきた台詞《せりふ》だ。

ジン・キリハラは任務を達成できず、カレン・アシュビーに殺された。

それが今起きている事象の全てなのだと、エマは一瞬で解釈を済ませる。

エマは氷山の一角のように突き出した結晶の陰に回り込む。ここなら、近付いてくる人影からは死角になっているはずだ。

「そこに隠れてるのはわかってる。ニーナ・スティングレイ」

これだけ動いた後だ。荒くなった呼吸のせいで位置を気取られるのは仕方ない。

逃げ道を探して頭を回転させるエマを嘲笑《あざわら》うように、カレンは淡々と続ける。

「いつまでも逃げ回ってるだけでいいの？　それで〈白の騎士団〉のお兄さんたちに顔向けできる？　あんたも特異能力者なら、正面から堂々と戦いなよ」

興奮で弾んだ声に、エマは久方振りの恐怖を覚える。

同胞から何度も聞いた話だ。人を殺した直後に躁状態《そうじょうたい》に入るのは、己の力に酔いしれる異端者《フリークス》どもに共通する特徴。

「ジン・キリハラの方はまだ勇敢だった。搦《から》め手《て》を使ってきたとはいえ、あたしに接近するだけの度胸はあったんだから。それに引き換えあんたはどうなの、スティングレイ。まさかだけど、〈災禍の女王《メイルストロム》〉なんて異名は見せかけだった？　ほら、あたしはここにいる。早く顔を見せなよ」

強大な力は狂気を連れてくる。

これまでの人類の歴史を辿《たど》れば、これ以上に普遍的な真理はない。

己自身が引き起こしてきた破壊で神経が麻痺《まひ》し、殺人という禁忌を破ることへの罪悪感は簡単に立ち消える。共和国でなら、〈条件付け〉を利用した半年間の訓練で新兵を徹底的に洗脳しなければ到達できない領域だ。

これだから特異能力というものは恐ろしい。

特別な訓練もなく、一五歳の少女をこんな怪物に変えてしまうのだから。

──私が止めないと。

恐ろしい怪物たちを使って、帝国が世界を支配してしまう前に。

世界が、地獄に書き換えられてしまう前に。

そのためには、何としてでも生き延びなければならない。

彼女は、自分に肩を寄せて震えている少女に目を向けた。

──ああ……。この子を犠牲にすれば、きっと私だけは助かるな。

捕まったニーナが自分の正体を吐く可能性もある。万全を期すなら、彼女を屋上から突き落としてから逃げるべきだ。恐怖に耐えかねてニーナが身を投げたと思わせることができれば、全てが丸く収まる。

共和国の課報員《ちようほういん》たる彼女にとって、間違いなくそれが最善策。

しかし、彼女の口から出てきたのは全く逆の提案だった。

「……私が囮《おとり》になる。お前はその隙に逃げろ」

違う。

お前は何を言っている？

共和国の利益のために、正しい選択をしろ。

理性は何度も自分を諫《いさ》めてくる。――それでも、感情が残酷な選択を拒否していた。

純真無垢《むく》な『エマ』の人格は彼女の存在を知らないが、その逆は別だ。彼女は、エマが教室で過ごしてきた幸福な日常を最前列で眺め続けてきた。

隣の席で無警戒な笑顔を向けてくるニーナの姿を、ひねくれた表情で彼女を見守るジンの姿を、あんなにも近くで、見つめ続けてきた。

嫌になるほど、毎日、毎日、毎日。

でも、だからといって、最後の最後で非情になりきれないなんて――自分はスパイ失格だ。

いつのまにか、あの純真無垢《むく》な少女に悪い影響を受けてしまったのかもしれない。

「……あとは任せた、ニーナ」

そう告げて立ち上がろうとした彼女は、信じがたいものを見てしまった。

この状況でそれはありえない。

――どうしてこの子は、まだこんな顔をしていられる？

「大丈夫だよ、エマ」

目に涙を溜《た》めながら、それでも希望を信じる強い覚悟。

彼女はまだ、何も諦めていない。

共犯者がまだ生きていることを、自分たちがあの恐ろしい怪物を倒せることを、世界を騙《だま》し通《とお》せることを、臆面もなく信じている。

二人の詐欺師は、それほどまでに強固な信頼関係で結ばれているのだ。

「待っ……」

こちらの制止も聞かずに、ニーナは結晶の陰から飛び出していく。

闇の中を生きてきた彼女にとって、その後ろ姿はあまりにも眩しかった。

*

結晶の陰から飛び出してきた人影を見て、カレンの思考は混沌《こんとん》に呑《の》み込《こ》まれた。

——どうしてあんたがここにいる？

——そもそもあんたは、この学園の生徒じゃないだろ。

そこにいたのは、先日道場で一緒に呼吸法の訓練を受けたケイト・ランバートだった。

悪い偶然が重なって迷い込んでしまったのか、忙《せわ》しなく首を動かして周囲を窺《うかが》っている。

「あれ……？　カレンだ」

救いの舟を見つけたような表情で、ケイトがこちらに近付いてくる。

どう考えてもおかしい。

ハイベルク校の生徒ですらない彼女がこの場所にいるなんて、そもそもの前提からして崩れている。

——変装だ。目の前のこいつは、ニーナ・スティングレイだ。

一瞬にしてその答えに辿《たど》り着《つ》いたカレンの思考力は、確かにずば抜けている。

だが、頭で出した結論を身体が受け取ってくれるかどうかは別の話だった。

ケイトに向けて掌《てのひら》を突き出してみても、結晶が生成されてくれないのだ。

そこで彼女は、呼吸法の道場で犯してしまったミスを呪う。

彼女はあの時、痛恨の事実をケイトに教えてしまっていた。

——ハイベルク校の生徒以外には特異能力が制限される、という致命的な弱点を。

スプレー缶を構えながら近付いてきているのに、頭では全ての真実に気付いているのに、身体が、神経が、深層心理が、目の前の少女を敵だと認識してくれない。

それほどまでに、圧倒的な演技力。

あらゆる状況が彼女の嘘《うそ》を暴き立てていてもなお、詐欺《ペテン》を強引に成立させてしまう——そんな神業を実現してしまうニーナは、どこからどう考えても怪物めいていた。

「どうしたのカレン、なんか顔が青いけど」

心配で張り裂けそうな表情のまま、ケイトが近付いてくる。

「つらいことがあるなら話聞くよ？」

一歩、また一歩と、怪物は平然と距離を詰めてくる。

「ほら、意地張ってないで。何でも話してごらん」

スプレーのノズルが鼻先まで近付けられる。

「カレンが本当は優しいこと、あたしがよく知ってるから」

お前は、誰だ。

お前は誰だ。お前は誰だ。お前は誰だ。お前は誰だ。お前は誰だ。お前は誰だ。お前は誰だ。

お前は誰だ。お前は誰だ。お前は誰だ。お前は誰だ。お前は――――。

「あああああああっ！」

ノズルから液体が噴射される前に、カレンは硬直から抜け出した。

見当違いの方向に掌《てのひら》を向けて、結晶を噴出させる。細く、長く、鋭く。

彼女が生み出したのは、一振りの長剣だった。

結晶で直接押し潰すことができないなら、結晶で作った武器で攻撃すればいい。シンプルかつ強力な論理を、カレンは一秒にも満たない時間で導き出してしまった。

「……ニーナ・スティングレイ」

己の敵を特定するため、カレンはあえてその名を口にする。

「あんたがとんでもない詐欺師だってことがわかった。〈災禍の女王《メイルストロム》〉なんて嘘《うそ》っぱち。徒党を組んで、変装をして、そんな姑息《こそく》な手段であたしを陥《おとし》れることしか考えてない——あんたは卑怯者《ひきょうもの》だ」

カレンは長大な剣を両手で振り抜き、切っ先でニーナの手の中にあるスプレー缶を叩《たた》き落《お》とした。

間抜けな音を立てて結晶の上を転がっていくスプレー缶を一瞥《いちべつ》してから、カレンは全身に殺意を込めた。

「そんな卑怯者《ひきょうもの》に、それでもあたしは敬意を払うよ。あんたは確かに強かった」

目を見開いた少女の心臓を正確に狙って、無慈悲な刺突が繰り出される。

幼い頃から帝国の英雄になることを夢見ていた彼女は、肉体の鍛錬も怠っていない。

回避など到底間に合わない。

ただの平凡な少女には、反応することすらままならないだろう。

蒼白《あおじろ》い閃光《せんこう》が、凄《すさ》まじい速度で大気を切り裂いていく。

鋭利な先端が左胸に突き立てられる、
その、直前————。

カレンの背後から、少年の声が聴こえた。

「残念、あんたの負けだよ」

突如として強度を失った剣が、空気抵抗に負けて先端から砕け散っていく。

剣だけではない。屋上を埋め尽くし、旧校舎を内側から破壊し尽くしていた結晶の群が、豪雨にも似た音を立てながら蒼白《あおじろ》い粒子に変換されていく。

彼女の鼻孔を掠《かす》めるのは、爽やかな柑橘系《かんきつけい》の香り——一週間前に急遽《きゅうきょ》切り替えた、新たな強制停止コードだった。

「……遅いよ、ジン。危ないところだったじゃん」

目尻の涙を拭いながら、目の前の少女が笑っている。

視線の先にいたのは、道化師の仮面を被《かぶ》った少年だった。先程目の前で殺したはずの彼が、どうしてここにいるのかはわからない。

「ちゃんと防刃ベストも着てたんでしょ？　多少刺されても大丈夫だよ」

「……そういう問題じゃないよ」

——防刃ベスト？

混乱しつつ少女の姿を見る。

確かに、彼女の身体の輪郭は少しだけ膨れているように思える。道場で会った時とは、明らかに体型が違う。

まさか、土壇場に立たされた自分が最後に取る策まで読み切られていたのか。

いや、もっと大きな問題がある。

——どうしてこの男はまだ生きている？

——いや、そもそも……どうして最新の強制停止コードを知っている？

「一流の詐欺師は、深層心理さえも支配下に置く」

結晶が崩壊していく轟音《ごうおん》の中で、少年は残酷に続ける。

「この数週間、あんたはずっとある情報を深層心理に刷り込まれてたんだ。例えば、すれ違う女子生徒たちの世間話で。例えば、道場に向かう途中にある屋外広告で。例えば、道場で仲良くなったケイト・ランバートから漂ってきた香りで」

「……まさか」

「あれ、もう気付いた？　思考が早いなあ」

わざとらしい拍手をした後、ジンはどこからか琥珀色《こはくいろ》の小瓶を取り出した。

「俺は最初から信じてたよ。注意深いあんたはきっと、〈エイリスの六番〉の中身が抜き取られたことに気付いてくれるって。

罠《わな》にハメられていることに気付いたあんたは、当然ながら強制停止コードを変更する必要性に駆られるよな？　とはいえ全く別のルーティーンで条件付けをするのには時間がかかるし、新しくメーカーに特注品を作らせるのも論外だ。

それに、香水を変えるのはニーナを倒すまでの短い期間だけ。だったら、いつでも手に入れられるような香水をさっさと買って条件付けに取り掛かった方がいい。

ならばすぐに行動だ。さて、どんな香水を選ぼう？

そう考えたとき、真っ先にあんたの脳裏に浮かぶのはきっと〈グロウ・シトラス〉だ。

一年生の女子生徒たちの間で流行しているし、道場に向かう途中にも看板をよく見るほどの人気商品。それに、最近道場で仲良くなったケイト・ランバートもつけているようだ……。

まあ学園内での流行は俺が仕組んだ情報操作の結果だし、看板はあんたが通るときだけ無許可で掲出したものだし、言わずもがなケイトはニーナが変装した姿でしかないけど——香水を選んだ時点のあんたが、そんなことに気付けるはずがないよな？

保険として、あんたが慌てて手配した運送業者を探偵に尾行させてたけど……誘導作戦は無事に成功したみたいだね」

ジンの台詞《せりふ》など、ほとんど頭に入っていない。

自分がとんでもない詐欺《ペテン》にかけられていたことだけはわかる。だが、それ以上の理解を脳が拒絶しているのだ。

全貌を正しく把握してしまえば、恐怖でおかしくなってしまいかねない。

最初から全てが、この男の掌《てのひら》の上だったなんて——。

「……そ、そもそもあんたは、なぜ生きて」

「あのさ、俺が何でもかんでも答えてくれると思ってる？」

「こ、この……！」

「ほら、ジェイクがこっちまで飛んできてる。変なことを聴かれる前に、全部終わりにしてしまおうか」

ジンがポケットの中に手を突っ込んで近付いてくる。

それが注意を引き付けるためのフェイクであることに、カレンは最後まで気付けなかった。

首筋に、鋭い痛みが走る。

彼女が最後に見たのは、仮面を被《かぶ》ったもう一人の人物。フード付きの黒いコートに身を包んだその相手に、心当たりはまるでない。

――いったいあたしは、どんな詐欺《ペテン》に……。

誰かが疑問に答えてくれるはずもなく、彼女の意識は闇の中に沈んでいった。

◇

「ジンっ！　無事でよかった……！」

立会人《ジェイク》がニーナの勝利を宣言して飛び去った途端、感情が一気に決壊してしまった。

変装を解いたニーナは、大粒の涙を流しながらジンに抱き付いた。

「もうっ、なんで秘策があるって教えてくれないの！」

共犯者からの返答も待たずに、ニーナは溢《あふ》れる想《おも》いをそのまま吐き出した。

「私へのプレゼントが作戦の一部だったからって、別にっ、そんなの怒ってないのに……！」

そう言いながら、内心では甘い願望だと理解していた。

別にジンは、ニーナを傷つけないために黙ってくれていたわけではない。

ジンが最後の作戦を伝えなかったのは、エマへの配慮があったためだろう。ニーナのような演技の達人ではない彼女に、ジンが生きている可能性を伝えることはリスクがある。仮面で顔を隠しているとはいえ、些《さ》細《さい》な態度の変化をカレンに悟られないとは限らないからだ。

こちらの企《たくら》みを看破したと相手に思い込ませて、味方さえも知らない最後の一手を通す——以前ベネットを倒した際にも使った、ジンの常套《じょうとう》手段だ。

「本当に良かった……ジン、あなたが生きてて」

共犯者は無言のままニーナを抱き留めて、震える背中を撫《な》でてくれた。

そこで初めて、ニーナは自分が無意識のうちに彼に抱き付いていた事実に気付く。顔の表面を流れる血が沸騰しそうな感覚。

それでも、この恥ずかしさは不思議と心地よかった。

「……お前たち」呆《あき》れを隠そうともしない口調で、エマが呟《つぶや》いた。「そんな風に、呑気《のんき》にいちゃついてる場合か？」

「い、いちゃ……!?」

慌ててジンを突き飛ばしたニーナを見て、エマは肩を竦《すく》める。

「旧校舎《ここ》はもう限界だ。早く逃げないと崩壊に巻き込まれ……」

言い終わる前に、エマは完全に硬直してしまった。

仮面を被《かぶ》っていても、彼女の動揺はこれ以上ないほどに伝わってくる。

何？　エマは今、何を見て驚愕《きょうがく》している？

悪い予感を脳内で何度も否定しながら、ニーナは視線の先を追う。

「……嘘《うそ》、でしょ」

先程スタンガンを首筋に押し当てたはずのカレンが、もう立ち上がっている。

結晶で防御したのだ、と咄嗟《とっさ》に気付いた。

エマが不意を突いたので完璧に防ぐことはできなかったようだが、少なくともカレンは気絶を免《まぬが》れていた。首筋を手で押さえながら、勝利を確信する三人へと緩慢に歩いてくる。

「……な、さい」

旧校舎が崩落する轟音《ごうおん》に紛れて、カレンが小声で何かを呟《つぶや》いている。

一歩、また一歩と距離が詰められていくたびに、言葉は鮮明になっていった。

「ごめんなさい」

母親のエプロンにしがみつく子供のような、弱々しい声。

「ネズミを殺せなくてごめんなさい。無様にも策にハメられてごめんなさい。あなたの期待に添えなくてごめんなさい。ごめんなさい。ごめんなさい。ごめんなさい。ごめんなさい。ごめんなさい。ごめんなさい。ごめんなさい」

学園で、そしてあの道場で見てきたカレンとはまるで異なる姿。

恐らく、これこそが彼女の本性なのだろう。

強大な存在に心酔し、依存し、己の身を捧《ささ》げることを何とも思わない殉教者。

ニーナの分析は、続く言葉で肯定されてしまった。

「……せめてもの償いとして、卑《いや》しいネズミどもを道連れにしてみせます」

カレンは制服のポケットから掌大《てのひらだい》の黒い塊を取り出した。

ついさっきまでエマが使っていたのと同じものだ。

アシュビー家が製造する、汎用型の手榴弾《しゆりゆうだん》──。

「こいつ、自爆するつもりだ！」

仮面を被《かぶ》ったままジンが叫んだが、もう全てが遅い。

微塵《みじん》の躊躇《ちゆうちよ》もなく、カレンは手榴弾《しゆりゆうだん》のピンを引き抜いた。

＊

半壊した旧校舎の屋上で巻き起こった爆発を確認して、彼女は静かにカーテンを閉じた。

やはり、カレン・アシュビーに自決用の手榴弾を持たせておいたのは正解だった。

いくらニーナ・スティングレイとは特異能力の相性がいいとはいえ、向こうが正々堂々と勝負してくれる保証はない。参謀気取りのジン・キリハラと共に搦《から》め手《て》を仕掛けてくれれば、足元を掬《すく》われる危険はいくらでもあるのだ。

実際、カレンは徒党を組んだ三匹のネズミによって倒されかけていた。

カレンに持たせていた盗聴器で、だいたいの状況は把握している。強制停止コードを悪用したトリックを見破り、ジン・キリハラを結晶で押し潰すことができたはずなのに、こんな結果になるとは予想できなかった。

要するに、相手が一枚上手だったということだろう。

「……まあ、危ないところだったと言うべきか」

もし、カレンが捕まって拷問にでもかけられれば一大事だ。

カレンは自分の正体を知らないとはいえ、苦痛から逃れるために出まかせを吐く可能性もある。そうなれば必然的に面倒な噂《うわさ》が学園に広まることになり、今後の立ち回りが難しくなる。

何より、あんな化け物を倒してしまうような危険人物たちを放置しておくわけにはいかない。

だからこその、保険。

長い年月をかけて洗脳してきた手駒を失うのは痛いが、厄介なネズミを道連れにできたと考えれば充分元は取れているはずだ。

これまで入手した様々な情報を統合すると、敵国のスパイである可能性が最も高いのはエマ・リコリスだろう。あの日、黒板に書かれていたメッセージを見て明らかに動揺していたことからも、この推測は正しいと考えられる。

ニーナ・スティングレイとジン・キリハラがどういう経緯で彼女に協力するようになったのかはわからないが、もはやどうでもいい話だ。

容疑者どもは全員、たった今カレンの自決に巻き込まれた。爆風で吹き飛んだ鉄片に全身を貫かれて、無様にも即死しているのだから。

ひとまず、学園長にどう報告するのかを考えなければ。

あの三匹が敵国――たとえば共和国から送り込まれたスパイだったと納得させられれば、ひとまず問題ないだろう。ニーナ・スティングレイの肉親に〈白の騎士団〉のメンバーがいるという事実だけは厄介だが、名家の汚点を代わりに取り除いてやったというストーリーを作れば忠誠心をアピールできるかもしれない。証拠など、後からいくらでも捏造《ねつぞう》できる。

彼女は、自分の序列というものを弁《わきま》えていた。

学園に何人かいる〈羊飼いの犬〉の中でも、今年入学したばかりの彼女は末端の存在にすぎない。当然ながら、まだあの方と直接話すことができる立場ですらない。

だからこそ評価を高めるための手土産が必要になるわけだが、今回の一件は丁度いい機会になった。

彼女はベッドの下に隠しておいた鞄《かばん》から、一枚の白い紙を取り出した。

生徒たちが〈決闘《コンバット》〉をする際にルールを記入する誓約書と同じ用紙。これに必要な情報を書いてから署名をするだけで、学園長にメッセージを伝えることができる。

書き出しをどうしようか悩んでいると、想《おも》い人《びと》に恋文を綴《つづ》る女学生のような気分になってくる。実際、敬愛と忠誠はよく似た感情なのかもしれない。

部屋の扉がノックされて、彼女はペンを止める。

時刻はもう夜の一〇時を回っている。こんな時間に訪問者だろうか？

扉は引き戸になっているが、内側からしっかり施錠《せじょう》している。ひとまずは安全だが、警戒しないわけにはいかないだろう。

用紙を鞄《かばん》に戻し、再びベッドの下に隠す。

一度呼吸を整え、枕の下から拳銃を取り出してから、彼女は扉へと向かった。

「……どなたですか？」

返答はない。

ノックの音が幻聴だったのかと疑い始めた時、扉の内部で何かが外れる音がした。

――まさか、鍵が破られた？

混乱の中で、彼女は拳銃を構えるべきか、後ろ手に隠しておくべきか逡巡《しゅんじゅん》する。結局彼女は後者を選択するのだが――その判断は完全に間違っていた。

施錠《せじょう》されていたはずの扉を開けて姿を現したのは、ついさっき旧校舎の屋上で爆死したはずの人物だったからだ。

「直接会うのは初めてかな」

闇のように昏《くら》い瞳をこちらに向けて、ジン・キリハラが凶悪に笑っている。

「羊飼いの犬――いや、サティア・ローデルさん？」

第八章　舞台裏の虚構、詐欺師たちは寂れた倉庫に集う――

Lies, fraud, and psychic ability school

「……何のことですか？　仰《おつしや》っている意味がわかりません」

冷静に言いながらも、サティア・ローデルは焦燥を募らせていた。

――いったい、どこでしくじった……？

医務室の扉の前で、彼女はこれまでのことを思い返してみる。

共和国によるスパイ活動が活発化してきていることを受け、上層部から指令書をいただいたのは二週間前。まだ懸念というレベルでしかなかったが、帝国が独占する特異能力の根幹を担《にな》うハイベルク校にも、ネズミが紛れ込んでいる可能性はある。

彼女はまず、何人かの生徒に狙いを定めてみた。

入学試験免除組なのに平然と「〈白の騎士団〉は目指していない」と公言しているキャスパー・クロフォード。入学から一ヶ月足らずでベネット・ロアーを仕留めてしまったニーナ・スティングレイ。彼女の参謀役をやっているらしいジン・キリハラ。そして、その二人の数少ない友人であるエマ・リコリス。

しかし、しばらく調査しても共和国との繋《つな》がりは見つからなかった。

功を焦《あせ》った彼女は、『疑わしきは罰せよ』という野蛮な論理に則《のっと》った手段に出ることにしたのだ。

まずはキャスパーの女好きを利用して、カレンとの対立関係を演出した。カレンは幼少期からの洗脳でサティアの要求を全て呑《の》むようになっているので、キャスパーを倒すためにニーナと仮初の同盟を組むという展開に誘導するのは容易《たやす》かった。

あとは適切なタイミングで、言いがかりをつけて二人もろとも叩《たた》き潰《つぶ》すつもりだったのだ。

正当な〈決闘《コンバット》〉の結果であれば、自分と学園長の繋《つな》がりが誰かに疑われることもない。

もちろん、本来なら数か月――または半年という長いスパンで慎重に進めるはずだった。

計画を加速させる必要性が生じたのは、六組の黒板に書かれた告発文を目にしたときだ。

『このクラスにネズミがいるのはわかっている。これは宣戦布告だ』

〈白の騎士団〉が敵国のスパイを捕らえたというニュースはいくらでも出回っている。無関係の第三者によるくだらない悪戯《いたずら》だと遠目から眺めていたが、ターゲットの一人――エマ・リコリスはあの落書きに明らかな動揺を見せた。

瞳孔が激しく収縮し、その後すぐ慌てて平静を装《よそお》うとした。あれはどう考えても、ただの悪戯《いたずら》を見た生徒の反応ではない。

歓喜しかけたサティアだが、すぐに冷静な思考を取り戻した。

突然の僥倖《ぎょうこう》。

――もしこれが、ただの悪戯《いたずら》ではないとしたら？

これを書いた何者かが〈羊飼いの犬〉の存在を知っていて、エマ・リコリスを釣、り、餌に利用しているのだとしたら？

ターゲット全員が、水面下で手を組んでいるのだとしたら？

だとしたら、もはや悠長なことは言っていられない。

一刻も早く、怪しい人間全員を粛清して学園の平和を取り戻さなければ。学園長の手を煩わせる前に、火種を吹き消しておかなければ。

根拠のない直感に乗っかることへの恐怖などはなかった。

これは、自分の有用性を示して上に行くためのチャンスなのだ。

彼女の計画はこうだ。

親友が襲われたという大義名分をカレンに与え、暴走を開始させる。しばらく暴れて学園中の注目が集まったタイミングで、復讐《ふくしゅう》という名目でニーナ・スティングレイに宣戦布告するのだ。〈災禍の女王《メイルストロム》〉などと恐れられているニーナは、自身の立場を守るために〈決闘《コンバット》〉を引き受けざるを得ないだろう。本来ならニーナと同盟関係にあるキャスパー・クロフォードも一緒に粛清しておきたいところだったが、それは後回しでいい。

怪物を肉塊に変換したあとは、エマ・リコリスとジン・キリハラの番だ。

最も怪しいエマを真っ先に狙わないのは、現時点では彼女との因縁がないからに過ぎない。

だがそんな問題も、『親友の仇《かたき》であるニーナに協力しているから』という大義名分さえ作ってしまえば簡単に解消できる。

結果としてカレンを生贄《いけにえ》に捧《ささ》げることにはなったが、目的は達成できたはずだった。

双眼鏡で見た限り、旧校舎の屋上で爆死したのは三人。

ニーナ以外の二人は仮面をつけていたが、状況から考えるとジンとエマ以外にありえないはずだ。

――それなのに。

どうして、ジン・キリハラがここにいる？

なぜ爆発を回避して――いや、違う。

正体など最初からバレているようなものだったのに、わざわざ仮面を被《かぶ》っているのがそもそも不自然だったのだ。

サティアはようやく真相に辿《たど》り着《つ》いた。

「……まさか、屋上にいたあなたは」

――全くの別人。

目の前の相手に確認するまでもない。今になって見れば、この二人が同一人物であるはずがない。

盗聴器を通して聴いた仮面の少年は——明らかに違う声をしているのだ。

「ああ、別に自分を責めなくていいよ。盗聴器越しで、しかもあれだけの轟音《ごうおん》が鳴り響いている中じゃ——俺の声がスピーカーから流れてるなんて気付けるはずがない。俺が今まであんたやカレンに一度も会わなかったのはそのためだよ。スピーカーを通して声が微妙に変化しても、初対面の相手なら騙《だま》し通《とお》せるだろ？」

後ろ手で握った拳銃を、危うく取り落としそうになる。

確かに、サティアは目の前の少年の声を聴いたことがなかった。まさか、そんなところまで計算の上だったとは思いもよらない。

では、旧校舎にいた三人はどうなる？

この男を生かすための犠牲となったのか？　本当に？

「で、では、あの仮面の男は……」

「残念だけど、俺の口からは言えない契約になってててね。……でもまあ、あんたなら答えに辿《たど》り着《つ》けるだろ」

「……キャスパー・クロフォード、ですね」

「さあ？　俺の口からは何とも言えないなあ」

自分が知らないところで、どんな策略が動いていたのだろうか。

一つだけわかっているのは、袋小路《ふくろこうじ》のような思考に迷い込むなんて無意味だということ。

今考えるべきなのは、やはりこの男を始末する方法についてだけだ。

「あ、窓から逃げようとしても無駄だよ。外には俺の仲間が待ち構えているから」

「意味のないご忠告をありがとうございます」

「へえ、まだ希望を捨ててない目だ」

「当然でしょう」

――あなたはここで死ぬのだから。

撃鉄はすでに起こしてある。拳銃を握った手を持ち上げ、心臓に狙いを定めて引き金を絞るまでには一秒もかからないだろう。

こちらを罠《わな》にハメた気になっている男を殺すには、あまりにも充分すぎる時間だ。

背中に回した右手に力を込めた、その瞬間――――。

サティアは信じられないものを目にした。

「……動くな」

深淵《しんえん》のような銃口が、こちらに向けられている。

サティアよりも一手早く、ジン・キリハラがカードを切ってきたのだ。

この特異能力者養成学校にはあまりにも不似合いな異物。こんなものを、ただの少年がどうやって入手したというのだろう。

「……そんなものを使ったら、死人が出ますが」

「わかりきったことを言うね。バカにしてる？」

「撃てるんですか？　あなたに、それが……」

——駆け引きなど無意味だ。

そう気付いたときには、もう全てが遅かった。

引き金はあまりにも簡単に引き絞られ、彼女の身体は凄《すさ》まじい衝撃を浴びる。

いったい、この男の策略はいつから始まっていたのだろう。そんな疑問を投げかけることはおろか、意識を保っていることもままならない。

闇に引《ひ》き摺《ず》られていく世界の中心で、得体の知れない詐欺師は静かに呟《つぶや》いた。

「あんたは終わりだよ、異端者《フリークス》。騙《だま》し甲斐《がい》もなかったな」

◆

全てのカードが出揃《でそろ》ったのは、一日前の夜。

夜の雑木林に、底冷えのする風が吹き抜けていたことを覚えている。

周囲を取り囲んだ仕事仲間たちが見守る中で、ジンはついさっき同盟関係を結んだ共和国の諜報員《ちょうほういん》に告げた。

「早速で悪いけど、エマ。一つお願いしてもいい？」

「早速すぎるな。……まあいい、言ってみろ」

「その仮面をさ、明日の午後まで貸してほしいんだけど」

「は？　仮面？　こんなものを何に……」

「いずれわかるよ。たぶん、明日の夜くらいには」

訝《いぶか》しがるエマから仮面を受け取ったジンは、それを制服の内ポケットに隠したまま翌日を迎えた。朝の光に包まれた廊下を進み、普段とは別の教室の扉を勢いよく開く。

弛《し》緩《かん》した笑顔で女子生徒に話しかけていたキャスパー・クロフォードは、こちらの姿を見た途端に全てを察したようだ。

「……ついに俺と〈決闘《コンバット》〉をするつもりになったみてーだな、クソ野郎」

「え？　キャスパーくん？　急に口調が荒く……」

「ああ気にしないでサリーちゃん！　待っててね、さっさと用事を済ませてくるからさ……」

どうにか意中の女子（何人目かは知らないが）を宥《なだ》めた様子のキャスパーは、先に歩き始めたジンを追って教室の外に出てきた。

こんな朝っぱらだというのに、既に臨戦態勢に入っているようだ。

キャスパーはジンの両肩を掴《つか》み、盛大に唾を飛ばしながら怒鳴りつけてきた。

「てめっ、少しはタイミングってもんを考えろ！　サリーちゃんに怖がられたらどうするつもりだ！　教室じゃ真面目な優等生キャラでお送りしてるんだからよ！」

「……なに、俺の周りには二重人格のやつしかいないの？」

「ふん、まあいい。正々堂々と勝負に乗ってくれるなら、さっきの件は見逃してやる。実力差もわからねえバカを叩《たた》きのめせば、少しは気が晴れるだろ」

「……今思えばさ、なんで俺はあんたを疑ってたんだろうな」

「ああ？　わけわかんねえやつだな」

「気にすんなよ、こっちの話だ」

こちらの事情など知る由《よし》もないキャスパーとともに、人気のない雑木林を目指す。

ここは生徒間の〈決闘《コンバット》〉でよく使われる場所らしく、木々や地面がこれ以上ないほどに荒れていた。

至近距離で睨《にら》み合《あ》う数秒間ののち、ジンは四つ折りにされた誓約書をポケットから取り出す。

「で、〈決闘《コンバット》〉のルールはどうすんの？」

「賭けるのは一ポイントだけでいい。これは名誉のための戦いだからな。気絶するか降参するかしたら負けで、敗者はニーナちゃんのことを綺麗《きれい》さっぱり諦める」

「てか、ついさっきも別の子を口説いてなかった？」

「俺は一人の女の子しか愛せないような腑抜《ふぬ》けじゃねえんだよ。博愛主義ってやつだ」

「あんたの家に辞書がないことはわかったよ」

「……てめえの皮肉は回りくどくてわかりづらい。ほら、さっさと始めちまうぞ」

お互いの署名が完了するや否《いな》や、ブリキ製の立会人が飛んでくるのも待たずにキャスパーが動き出した。

周囲の風景が、突如として歪《ゆが》んでいく。

キャスパー自身の姿も歪《ゆが》みの中に組み込まれ、いくつもの絵の具が水に融《と》けたような混沌《こんとん》が眼前に生み出された。

混沌《こんとん》は意思を持ったように蠢《うごめ》いている。

やがてその中から、枯れた巨木のような腕が現れた。人間の身体を包み込んでしまえるほど巨大な掌《てのひら》が手招きするように動き、ゆっくりとジンへと伸びてくる。

以前、ジンがけしかけた強盗たちを恐怖で縮み上がらせた何かの正体がこれだ。

特異能力者としても有り得ないほど超常的で、禍々《まがまが》しく、得体の知れない力――まさしくキャスパーは、入学試験免除組の名に恥じない怪物だった。

――だが、ジンは一歩も下がらなかった。

邪神が顕現したようなおぞましい光景を前にしても、詐欺師の確信は揺るがない。

　エマから借りた仮面を被《かぶ》り、いつものような不敵さで呟《つぶや》く。

「……やっぱりね。俺の思った通りだ」

　ジンは冷静に背後を振り返り、何もない空間に向かって前蹴りを飛ばした。

　確かな手ごたえ。

　予《あらかじ》め金属板を埋め込んでいた靴先が、柔らかい何かを潰す感覚。

「ぐお、おっ………！」

　何もない空間から呻《うめ》き声《ごえ》が聴こえたかと思うと、周囲を満たしていた異常な光景が嘘《うそ》のように消え去ってしまった。

　平凡な雑木林が姿を取り戻したのを確認して、ジンは仮面を取る。

　下腹部を押さえながら蹲《うずくま》っているキャスパーへと、憐《あわ》れみ混じりの声をかけた。

「悪いね、キャスパーくん。痛かっただろ？」

「がっ、あっ……」

「わかるわかる。しばらく返事もできないよね。あんたはただ、俺の推測を聞いてくれるだけでいいよ」

　ジンはこれ以上ないほど爽やかな笑みを浮かべた。

「最初に違和感を覚えたのは、あんたのいるカフェにニーナを連れて行ったとき。あんたは俺を見つけるなり、強引に肩を組んで怒鳴り散らしてきただろ。

なあ、冷静に考えたらそれって変じゃない？　人格が変わるレベルで男嫌いの人間が、どうして俺の身体に触ろうとしてくるんだ？　思えばあんたは、ナイフ専門店でも強盗の肩を叩《たた》いてただろ。だからきっと、あんたの特異能力の発動条件は『相手の身体に触ること』なんだ。俺が隠し扉の向こうにいることに気付いたのも、特異能力でマーキングしてたからだろ」

「……それが、どうし、たっ！　別に、よくある話だろっ……！」

「いやいや、だっておかしくない？　あの後俺に見せてくれた瞬間移動があんたの特異能力なら、どうして対象を指定する必要があるの？　強盗犯があんたにビビッて逃げ出した理由はどう説明できるわけ？　それに、あんたを尾行しているときにいくつもの違和感を見つけたしね」

「……おい、やめろ」

「俺の前を歩いてるあんたの影のサイズや濃さが常に一定だった。太陽はたまに雲に隠れたりするのに、こんな不自然なことはない。それから、あんたが歩いていたルート。わざわざ工事現場を選んで歩いたのは、足音が聴こえないことに気付かせないためだろ？　まあその狙いは見事だけど、建物から鉄骨がはみ出してたのは誤算だったな。鉄骨の影の中に、少しだけ濃さが違うあんたの影が映し出されてたよ。それって物理的におかしいでしょ？」

そして、全ての証明はたった今完了した。

エマから借りた仮面に嵌《は》まっている、特殊なレンズを使って。

もちろんここで告げるわけにはいかないが、このレンズには赤外線探知機能《サーモグラフィー》がついている。

地面の中に仕掛けられた火薬のトラップや、茂みに隠れた仲間たちをエマが見破ることができたのは、このレンズで物体の温度を可視化することができたからだ。

帝国にはまだ出回っていない軍事技術だが、共和国に滞在した経験のあるラスティから存在だけは聞いていた。

このレンズを通して見れば、目の前に現れた邪神の腕に実体がないと見抜くことも、風景に同化してしまったキャスパーの現在地を暴《あば》くことも可能となる。

「あんたの特異能力は確かに強力だよ。どんな能力でも手に入るなら、真っ先に欲しいと思うくらいには。だけど、俺とはちょっと相性が悪かったみたいだね」

「や、やめ……」

「答え合わせをしてくれよ。あんたの特異能力の正体は……」

「わー！　わー！　やめっ、やめてくれ！」

キャスパーはいきなり大声を出してジンの話を遮った。

その理由も、手に取るようにわかる。

誓約書の記入から一分ほど遅れて、ブリキ人形のジェイクがこの場に到着したのだ。

キャスパーの特異能力が身体に触れた相手に偽物の映像を見せるだけのものだなんて、学園長と繋《つな》がっているジェイクに知られるわけにはいかないだろう。

これで、めでたくチェックメイトだ。

「ジェイク、来てもらったところ悪いけど、もう〈決闘《コンバット》〉は終わりだ」

『何言ってんだ、てめー。誓約書には、どちらかが気絶するか降参するのが勝利条件だって書いてあるぜ』

「ああ、俺が降参する。それでいいよな、キャスパー？」

「て、てめえっ、いったい何が狙いだ……？」

合成音声で不服を並べ立てて飛び去ったジェイクの後ろ姿が見えなくなるのを待ち、ジンはようやく本題に入った。

「勝ちを譲ってやった代わりにさ、あんたの特異能力をちょっと俺に貸してくれよ」

「……はあああああっ⁉」

その後の流れは簡単だった。

カレンがニーナとキャスパーの共通の敵であるという話題から入り、ニーナを救うためにはキャスパーの映像投影能力が必要だとおだててみせる。

搦《から》め手《て》の通用しない圧倒的火力を誇るカレンに目を付けられている状況はキャスパーにとっても痛かったので、交渉は簡単だった。

結局ジンは、特異能力の正体を誰にも明かさないという条件のもと、期限付きの共犯関係を築くことに成功したのだ。

幸いにもキャスパーは以前カレンの身体に触れており、発動条件を既に満たしていた。あとは、首尾よく作戦を実行するだけだ。

まずは最初の会敵。

仮面を被《かぶ》ってジンに成りすまし、キャスパーはカレンがいる部屋の床下に隠れていた。あとは窓の外で物音を発生させて、その隙に床板を押し上げてカレンに襲い掛かるだけ。

もちろん襲い掛かったのはただの映像で、本物のキャスパーは床下に隠れたままだったのだが、カレンには気付けるはずもない。

カレンが滅茶苦茶《めちゃくちゃ》に旧校舎を破壊してくれていたおかげだ。声や香水の香りが生じているのが床下からだということも、襲い掛かってくる男から物音がしないことも、辺りを満たす轟音《ごうおん》と粉塵《ふんじん》が巧妙に覆い隠してくれた。

分身が結晶に押し潰される映像を見せて『ジン・キリハラ』の死を偽装したら、あとは医務室にいるサティアからも見える屋上で、本命のスプレーを使ってカレンの特異能力を無効化してあげるだけ。

最後に考慮しなければならないのが、サティアに洗脳されているカレンが自爆という切り札を隠している可能性だ。武器製造で財を成したアシュビー家の令嬢となると、手榴弾《しゅりゅうだん》の一つくらいは持っていてもおかしくない。

だが、事前にその可能性を伝えてさえおけば、エマなら確実に対処してくれる。

アシュビー家が作る手榴弾《しゅりゅうだん》は、レバーを引き抜いてから五秒後に爆発する仕様だ。

——五秒というのは、緊迫した戦場ではあまりに長すぎる。

特異能力を封じられた少女相手なら、エマは簡単に手榴弾《しゅりゅうだん》を奪い取ることができる。あとは爆発する前に適当な場所に放り投げてしまえば任務完了だ。一階の医務室の位置からでは、遠くの建物の屋上にいる人間が爆発を回避できたかどうかまでは確認できない。

そこまで考えて、ジンは見落としていた事実に気付く。

——そういや、あの場にいる俺の正体がキャスパーだってことは誰にも伝えてなかったな。

自分に成りすましたキャスパーは、どさくさに紛れてニーナに抱き付いたりするかもしれない。考えると少し不快だが、まあ流石《さすが》にそんな展開にはならないだろう。

とにかく、これで作戦は成功だ。

「……あとは、この子からたっぷり話を聞かないとな」

エマから借りた電極銃《テーザーガン》の一撃を浴びて気絶しているサティアを見下ろして、ジンは呟《つぶや》いた。

＊

ジンの仲間を名乗るガスタが運転する車で、エマとニーナはどこかへと運ばれていた。

ジンに成りすましていたキャスパー・クロフォードは、仮面を取って正体を明かすと、放心状態のニーナにウインクをして去って行ってしまった。ニーナは完全に相手がジンだと思い込んでいたようで、車に乗っている間ずっと頭を抱えていた。

「……気にするな。感情が高ぶって抱き付くのは、人間として正常な反応だ」

「ううう……ジンには絶対内緒にしててね」

「よくわからないが、言う通りにしてやろう」

車は山道を一時間ほど進み、うらぶれた廃倉庫へと辿《たど》り着《つ》いた。煉瓦《れんが》造《づく》りの倉庫は車が三台ほど入れば満杯になるほどの大きさで、周囲には気持ちばかりの武装をした男たちが立って警備にあたっていた。

扉の前に立っていたジン・キリハラが、手を挙げてこちらを呼んでいる。

なぜか背中に隠れてくるニーナを連れて、共犯者との数時間ぶりの再会を果たした。

「お前というやつは、本当に……」

ジンが今回仕掛けた詐欺《ペテン》の全貌を車内で聞いていたから、第一声でそう呟《つぶや》くのも自然かもしれない。

ただ一つの目的のために、周囲の全てを利用する豪胆さ。

バラバラに過ぎないはずの情報を組み合わせて、勝ちの絵を描く想像力。

そして、無茶苦茶な作戦を強引に成立させてしまう詐欺《ペテン》の技術。

これまでの人生で怪物じみた人間などいくらでも見てきたエマだったが、目の前にいる詐欺師は想像の範疇《はんちゅう》を遥《はる》かに超えていた。

──この男は、一人だけ全く別の盤面で戦っている。

強力な特異能力者を倒すためには、鍛え抜かれた肉体も人智《じんち》を超えた不思議な力も必要ない。ただ、芸術的な嘘《うそ》があればそれでいいのだ。

「どうしたの、固まっちゃって。もしかして俺の実力を思い知って感動してる？」

「……自惚《うぬぼ》れるな。お前の信用ならなさに呆《あき》れているだけだ」

「俺は仲間に対してだけは嘘《うそ》を吐《つ》かないよ。本当だ。この目を見てくれればわかる」

「目を逸《そ》らしながら言われても信じられるか！」

「あ、仲間って部分に関しては反論しないんだ」

「な、な……」

怒りで脳が沸騰しそうになった瞬間、後ろから柔らかな笑い声が聴こえてきた。

「あはは。照れなくていいよ、エマ」

「べ、別に照れてはいない！　いいか、私は祖国のために仕方なく……」

「もう、素直になりなよ。これからもよろしくね？」

夜を照らしてしまいそうな笑顔とともに、ニーナが右手を差し出してくる。

自分以外に頼れる者のない孤独な戦いが、一気に救われていく感覚がエマを襲う。無意識のうちに、彼女は差し出された手を握り返してしまった。

自らの行為をどうにか否定しようとするエマを、ジンはニヤニヤと見つめている。

「ようこそエマ。これであんたも正真正銘、俺たちの共犯者だ」

「り、利害関係がたまたま一致しているだけだ！」

「はいはい、そういうことにしておくよ」

なおも反論しようとするエマを手で遮って、詐欺師は真剣な表情に戻る。

「このまま歓迎会でもしたいところだけど……お二人とも、まだ何も終わってないよ。これから俺たちは、〈羊飼いの犬〉から学園の秘密を聞き出さなきゃいけない」

芝居がかった口調で言いながら、ジンは廃倉庫の扉を開けた。

天井に吊《つ》り下《さ》げられた懐中電灯だけが照らす薄暗い部屋に、入学してからずっと探し求めていたターゲットがいる。念のため、エマは仮面を被《かぶ》ることにした。

両手足をロープで椅子に括《くく》り付《つ》けられながらも、サティア・ローデルは氷像のような無表情を貫いている。眼鏡の奥に嵌《は》まる瞳には温度がないし、水色の患者衣も相俟《あいま》って全体的に生気を感じ取ることができない。

「……この女が、〈羊飼いの犬〉か」

学園長ジルヴィル・ウィーザーに忠誠を誓うスパイで、学園の秘密にも通じている可能性がある重要人物。

帝国の敵として追われていた伝説の詐欺師がリークした情報を受け取ってから、ここに辿《たど》り

カァ
ァァァ

着《つ》くまでに何人の同胞たちが殺されていったのだろう。

エマは密《ひそ》かに拳を握り締めた。

「俺さ、最初は正直……カレン・アシュビーが一番怪しいと思い込んでたんだよ」

ジンは、サティアの目の前に置かれた椅子に深く座る。

「だってあの子は、俺が思う〈羊飼いの犬〉の条件に完璧に当てはまっている。入学試験を免除されるほどの実力があれば邪魔者の排除なんて簡単だろうし、帝国軍に武器を卸してるアシュビー家は政府と密接な繋《つな》がりがあるしね。

でも俺は、途中で視野を広げてみた。

もしそんな怪物を意のままに操れる人間なら、別に本人が動く必要はないんじゃないか？　派手に暴れ回る怪物を隠《かく》れ蓑《みの》にすれば、学園のために暗躍するのにも都合がいいんじゃないか？　ちょうど、俺とニーナの関係がそうであるように。

それにニーナに訊《き》いた情報だと、カレンは話している最中に何度も横目でサティアの様子を窺《うかが》っていたらしい。表面的な主従関係とは逆に、向こうがあんたに依存しきっていた証拠だよ。幼少期からずっとカレンの身の回りの世話をしていたあんたなら、緩やかな洗脳状態を作ることだって難しくないだろ」

「……それではまだ、私を容疑者に加えることができただけです」

まだ自らの正体を認めていないのか、サティアは淡々と言った。

「その通り。疑いが確信に変わったのは、俺が贈った二つのプレゼントへの反応を見てからだ」

「プレゼント……？」

「一つ目は、昨日俺が六組の黒板に書いたメッセージだよ。学園に潜り込んだネズミの存在を告発する文章を書けば、〈羊飼いの犬〉は流石《さすが》に様子を見に来るだろ。狙い通りあんたは教室の前に現れたわけだけど……もちろんその時点では、カレンの指示で来ただけという可能性もあった。重要なのは、もう一つのプレゼントだ」

「……あの香水、ですね」

「そう、それだよ。……カレンは香水の〈中抜き〉のトリックを見破って、一週間前から強制停止コードの変更に取り掛かった。でもさ、それって冷静に考えたらおかしくない？

　身の回りの世話を全部メイドにやらせてるあいつが、どうして実家から送られてきた荷物だけは自分でチェックしなきゃいけないんだ？　瓶への細工に気付いて強制停止コードの変更を提案したのは……サティア、あんた以外に有り得ないんだよ」

「敵が仕掛けた罠《わな》を未然に取り除くのは、メイドとして当然の仕事でしょう」

「いや、おかしいね。あんたの行動には致命的な違和感がある」

　ジンは銃の形にした人指し指を正面に向けた。

「一週間前のあの時点で、カレンはいったい誰と戦うつもりだったんだ？」

「……どういう意味ですか」

「あのトリックは、一週間前の時点で誰かと戦う予定でもないと絶対に気付けない。だってそうだろ？　香水を入れ替えようなんて思うのは、カレンを倒そうとする相手だけなんだから」

「あの時点でも、カレン様はキャスパー様と対立していました。だから私に警戒するよう言いつけていたんです」

「……でもさ、それだと動機の辻褄《つじつま》が合わなくない？　カレンが〈陽気な葬儀屋《アンダーテイカー》〉を暴走させたのは、あんたが何者かに襲われたからだろ？」

「……」

「カレンが茶番を演じているだけなら、絶対にニーナが気付く。あいつは本当に親友への襲撃に怒り狂っていたんだ。じゃあ誰が襲った？　俺か？　ニーナか？　キャスパーか？　敵国のスパイか？

　いや、どれも違うことは実証済みだ。だとすると、あんたによる自作自演と考えるしかなくなるんだよ。カレンを暴走させて、俺たちを始末するためにね。一週間前の時点でそこまで計画してたからこそ、あんたはカレンの強制停止コードを変えさせることができたんだ」

「まさか、私の正体を暴《あば》くためにあのトリックを……」

「もし〈羊飼いの犬〉がカレンなら、俺に倒されるまで香水の仕掛けには気付けない。香水が切り替わっていたらメイドのサティアが〈羊飼いの犬〉だ。我ながら、相手に不自由な二択を迫る良い手だと思うよ。……てかまあ、重傷を負ったはずのあんたがピンピンしてる時点で、自作自演なのは確定してるんだけど。ベッドの下には学園長宛ての報告書もあったしね」

「……あなたは危険です、ジン・キリハラ」

「むしろ、騙《だま》し合《あ》いで俺に勝てると思ってたの？」

決定的な敗北を突き付けられていてもなお、サティアの表情は揺らがなかった。

まだ何かの手を隠している、というわけではないだろう。

この女は、学園長に忠誠を誓うために感情というものを殺してしまったのだ。

エマは内心で舌打ちをする。

こういう相手に情報を吐き出させるのは簡単じゃない。まして、拷問など忠誠心を強めるだけで逆効果だ。

「さて、尋問を始めようか。……エマ、脈を取ってくれ」

言われた通り、椅子に縛り付けられたサティアの手首に手を添える。

だが、駄目だ。一定のリズムを刻み続ける血流が、彼女が高度な訓練を受けてきたことを証明している。

エマの不安をよそに、共犯者は尋問を開始した。

「じゃあ最初の質問。あんたは〈羊飼いの犬〉で間違いないな？」

平常時の脈拍と比較するために、尋問はわかりきった質問から始めるのが定石。

当然、脈拍に変化はない。

「学園長のジルウィル・ウィーザーと会ったことはあるか？」

脈拍に変化はない。

「〈羊飼いの犬〉は、今学園に何人いる？　各学年に一人ってのは本当か？」

脈拍に変化はない。

「帝国がハイベルク校を使ってやろうとしている陰謀を、あんたはどこまで知ってる？」

脈拍に変化はない。

もっと鋭利な問いをぶつけなければ、動揺を引き出すことはできないだろう。

仮面の内側で深く息を吸い込み、エマが次の質問を放った。

「……じゃあこれはどうだ？　お前たちは首都に投下された新型爆弾の影響で特異能力者が生まれたと信じ込んでいるが——共和国には、爆弾を投下したという事実などはない。あの大量虐殺は、帝国による自作自演だ。〈白の騎士団〉のメンバーでもあるジルウィル・ウィーザーの配下にいるお前なら、そのことも知っているんじゃないか？」

僅かに、脈拍が速くなった。

ジンとニーナにとっても初耳だったのだろう。二人とも目を大きく見開いている。

「……ありがとう、初めて動揺してくれたな」

機を逃さず、エマは追撃をかける。

「あれはお前たち帝国の上層部にとって何だったんだ？　そこにどんな詐欺《ペテン》が隠されている？　答えろ、異端者《フリークス》」

動揺が見られたのは一瞬だけで、脈拍はすぐに一定のリズムを取り戻した。エマは苛立《いらだ》ちを隠そうともせず舌打ちをする。

「埒《らち》が明かないな。自白剤でも投与するか？」

「待ってください」

コートから注射器を取り出したエマを、ニーナが手で制した。

情に絆《ほだ》されたわけでも、怖気《おじけ》づいたわけでもない。

彼女の紺碧《こんぺき》の瞳は、確信に満ちている。

「……サティアさん、あなたは自分で思っているほど強くはありません。幼少期からカレンさんを洗脳して、何やら黒幕を気取っていますが――所詮はあなたも、学園長の力を恐れているだけのか弱い子供なんでしょう？」

「……くだらない推測です」

ジンは魔法のような詐欺《ペテン》で〈羊飼いの犬〉を捕まえてくれた。

エマは身体を張って自分たちを死の危険から守ってくれた。

――だったら、今度は私の番だ。

ニーナは腹の底に力を貯《た》めるイメージで、大きく息を吸い込んだ。カレンと通った道場で習得した、インチキまがいの呼吸法。

だがそれも、使い手次第で強力な武器に代わる。

呼吸法を引き金にして、ニーナは瞬時にして深い集中状態に入ることに成功した。

「ここ何週間かで、誰かさんに心理分析の技術を叩《たた》き込《こ》まれましてね」

もはや、意識を経由せずとも言葉が溢《あふ》れ出《で》てくる。

「あなたがカレンさんに視線を向ける頻度、そして一回一回の長さはまさに親愛の現れ。他の人と会話するときよりも僅かに声が低くなっているのは、それだけ彼女に気を許していたからでしょう。あなたは最後まで、非情になりきることはできなかった」

「何を言うかと思えば……。私が、カレン・アシュビーに自爆するよう仕向けたことを忘れたんですか？」

そう答えたサティアの声が少しだけ上擦ったのを、ニーナは見逃さなかった。

「だったらあなたはなぜ、私たちがこの倉庫に入ってきたときに安堵したんですか？」

「……はい？」

「私とエマさんは、手榴弾《しゅりゅうだん》の爆発を免《まぬが》れたからここにいる。だとしたら当然、カレンさんの無事も証明されているわけです。あなたは、そのことを自分の目で確認できたから安堵《あんど》したのでしょう？　本当は、あの人に死んで欲しくはなかったのでは？」

こんなのは、ただの博打《ばくち》だ。

どれもこれも、何の裏付けもない推測にすぎない。

けれど、ニーナは信じたかった。

幼少期からずっと傍《そば》で過ごすことで、二人の間に確かな友情が芽生えたことを。サティアのことを『親友』と語ったカレンの想《おも》いが、決して一方通行ではないことを。サティアが、彼女自身の意志で学園長の手駒になったわけではないことを。

——この残酷な世界に、たった一つだけでも希望が残っていることを。

「あなたの望み通り、カレンさんは爆死せずに済みました。でも、本当にそれでよかったんですかね？　あのまま一思いに死ねた方が、幸せだったかもしれないのに」

「……さっきから、何が言いたいんです」

「私の仲間たちが、今カレンさんを遠い町に運んでいます。小さな港が一つあるだけの寂れた町なので、政府や警察の目もほとんど届きません。たとえそこで凄惨な拷問が行なわれても、不要になった少女が細切れにされて海に棄《す》てられても、全く誰も気づかないんです。世の中には怖い話があるものですね？」

〈決闘《コンバット》〉に負けて意識と学園での記憶を失ったカレンは、本当は今頃ジンの仲間に保護されて郊外の隠れ家に運ばれている。だが、そんなことはサティアには知る由《よし》もないだろう。

笑顔にも似た歪《いびつ》な表情を作る、人ではない何か――そんな破滅的な存在を演じて、ニーナは続ける。

「いいですか、サティアさん。大切なご友人の未来は、あなたの決断にかかってるんですよ。私の仲間たちは、命令次第でどんなに恐ろしいことでもできますから」

「ふざけないでください。あんな女、私には何の関係も……」

「かわいそうに、学園長からの制裁が怖いんですか？　……考えてみれば、あなたが自分の意志で〈羊飼いの犬〉になったわけがありませんよね。幼少期からともに過ごした唯一のご友人を洗脳しようだなんて、普通の子供にできる発想ではありませんから」

「……根拠のない推測です」

その通り、この推測には何の根拠もない。

ジンが教えてくれた〈コールド・リーディング〉という技術で、目の前の相手の僅かな仕草や言葉の一つ一つから、その心理を読み解いているだけだ。

だが、自分自身を役に溶け込ませる〈メソッド演技法〉の技術を応用すれば、その精度は格段に跳ね上がる。サティア・ローデルの思考を高い精度で模倣して、彼女自身すらも気付いていない感情の最深部まで到達することができるのだ。

そしてこの技術の真に恐ろしいところは、ニーナが一連の推測を話すうちに、それがたとえ的外れだったとしても――自分自身の本当の感情だと思い込ませられることだ。

「周囲の大人たちに強制されていたのでは？　たとえば、本来ならアシュビー家の令嬢であるカレンさんをスパイに組み込みたかったのに、彼女の自由過ぎる性格が不適格だと思われたとしたらどうでしょう。その代わりに任命されたのが、幼少期からカレンさんと共依存関係にあったあなただと考えるのは、飛躍のしすぎですかね？」

「やめて、ください。それ以上は……」

「ああ、もしかしたらあなたもまた洗脳されていたのかもしれませんね。幼い頃から学園長のために身を捧《ささ》げることが普通だと教え込まれれば、しかも恐怖や苦痛を伴う教育を施されれば、子供の行動原理は一色に染まってしまう。崇高な目的のために、唯一の親友を自爆させるしかなくなってしまう……。本当に、惨《むご》いことをするものです」

あと少し。

もう一つ、何かのきっかけがあれば、サティアの牙城《がじょう》を崩すことができる。

心の奥底に鎮座する、鍵のかかった部屋をこじ開けることができる。

「……安心しろ」

その続きを引き取ったのはエマだった。

「情報を吐いたとしても、お前とカレンの身の安全は共和国が保証する。学園長や〈白の騎士団〉の影響が及ばない離れた土地で、名前を変えて平和に暮らすことができるんだ。……本当は、こんな息の詰まる日々に嫌気が差していたんじゃないか？」

——最悪の可能性をちらつかせた後に、希望を提示してみせる。

いつかジンから学んだ、詐欺まがいの交渉術。

基本中の基本ではあるが、心無い怪物を自分に降ろすことができるニーナの演技力と、共和国の課報員《ちょうほういん》だけが持つ反則じみたカードをもってすれば、一流のスパイの感情すらも揺さぶってしまえる強力な切り札になる。

頼もしい共犯者たちの連携で相手を追い詰めたことを確認して、ジンは口の端を歪《ゆが》ませた。

「どうする、サティア。これ以上意地を張る理由はないみたいだけど？」

長い、本当に長い沈黙が廃倉庫に訪れる。

無表情の裏で葛藤を繰り広げるサティアを、三人は辛抱強く待った。

しばらくして、彼女は額に汗を滲《にじ》ませながら切り出す。

「……私は、あくまで末端の構成員にすぎません。知っている情報には限りがあります」

「その言い方だと、〈羊飼いの犬〉は学年に一人ずつじゃないみたいだけど？」

「数年前に情報漏洩《ろうえい》があったらしいので、体制を強化したのでしょう」

——ラスティの件か。

かつて彼は、政府高官を信用詐欺にハメた際に偶然入手した情報が原因で〈白の騎士団〉に追われることになった。それで危機感を覚えた上層部が、予期せぬ敵を警戒して戦力を増強したとしても不自然ではない。

「あんた以外のメンバーの名前は？」

「構成員同士の関わりはないので、全員は知りません。ただ一人だけ……私の負傷を演出するために協力してくれた人間が――あっ」

「……おい、どうした？」

「がっ……あああああっ！」

「ちょっと、しっかり……」

悪魔にでも憑《つ》かれたみたいに、サティアは突然白目を剝《む》いて絶叫し始めた。滅茶苦茶《めちゃくちゃ》に暴れたせいで椅子ごと倒れ込み、何度も頭を激しく床に打ち付けている。慌ててサティアの頭部を両手で庇《かば》う。ジンの脳裏には、ある可能性が過《よぎ》った。

――条件付け。

いや、学園長になら充分可能だ。

〈羊飼いの犬〉が第三者に情報を吐こうとしたとき、自動的に記憶が消去されるようにプログラムされていてもおかしくはない。

「がっ、あっ、よよく聞いて、ジン・キリハラ」

何かを託すような意志が、満身創痍《そうい》のサティアの双眸《そうぼう》に宿っている。

「〈原初の果実〉と〈楽園の建築者〉。それがっ、帝国の……」

「どういう意味だ？　ちゃんと教えてくれ！」

「があ……ああああああっ！」

最後に存在ごと吐き出すように絶叫したあと、サティアは気を失ってしまった。

目覚めるのを待って確かめるまでもない。

彼女はもう学園に関する記憶を完全に消されているはずだ。つまり、これ以上はどんな情報も引き出すことができない。

素早く思考を切り替え、ジンは次に向けて動き始めることにした。

「……エマ、後のことは任せていい？」

「ああ。学園内にいる私の上司が、既にサティアとカレンを亡命させる手筈《てはず》を整えている」

「うん、第三者《おれたち》の関与が疑われないように頼むよ」

気絶したサティアを軽々と抱えて、エマが倉庫の外へと歩き出した。彼女の姿がシャッターの向こうに消えたのを確認して、ジンが切り出す。

「……で、ニーナ。俺たちはさっさと学園に戻らなきゃいけない」

「ちょっと、話の展開が速すぎてついてけないよ……！」

「ニーナ、今から言う設定を頭に叩《たた》き込《こ》んでくれ。
一、サティアは学園長の手駒でいることに耐えられず、カレンと共謀して学園の全てを破壊
　しようとした。
二、そんな動きに危機感を覚えたニーナは、暴走するカレンとサティアを学園長に代わって

始末した。
三、ニーナの特異能力でバラバラにしてしまったので、二人の死体はもう残っていない」
「え、えっ……？」

「たった今事情が変わったんだよ。サティアの話を信じるなら〈羊飼いの犬〉は学年に一人どころじゃない。もはや一つの組織として機能してるんだ。だとしたら、末端の構成員を捕まえて情報を聞き出すなんてやり方のままじゃ駄目だ。記憶操作もあるっぽいしな。

だから俺たちは、学園長に恩を売って〈羊飼いの犬〉の中枢に潜り込まなきゃいけない」

「えええええええっ⁉」

「裏切り者を意図せず抹殺してくれたあんたを、学園の上層部は褒《ほ》め称《たた》えてくれるはずだ。おまけに、スティングレイ家には〈白の騎士団〉のメンバーが二人もいる。うまく行けば、あんたの元にスカウトが来てくれるかもな」

「さっ、流石《さすが》に危険すぎるよ！　そんなのボロが出るに決まって……」

「今回俺たちは、強力な仲間を得た」

狼狽《ろうばい》するニーナとは裏腹に、ジンの表情は自信に満《み》ち溢《あふ》れていた。

「最先端の科学技術と身体能力、おまけに異様な人脈の広さを提供してくれるエマがいれば、俺たちの詐欺《ペテン》の幅は大幅に広がる。演技で脅して不戦勝を狙うだけじゃなくて、普通に戦って勝つこともできるようになるかもしれない。

操縦は難しいし、なんなら敵に回る可能性もあるけど……キャスパーの特異能力も要所要所で利用できるかもしれない。

そしてニーナ、あんたの詐欺《ペテン》の技術はここ数週間で急成長してる」

いつか、雨の上がった中庭で共犯関係を結んだときのように、ジンは微笑を浮かべながら右手を差し出した。

「俺が脚本を書いてやる。舞台も充分に整った。新たに加わった裏方も優秀な連中ばかり。あとはニーナ、役者のあんたが覚悟を決めるだけだ」

こんな風に改めて言われなくても、覚悟なんてもう決まっている。

思い出すのは、あの残酷で美しい笑みを浮かべた兄の姿。世界を騙《だま》してでも、彼らの暴走を止めなければならない。

だからこそ、自分は今ここに立っているのだ。

共犯者に負けないように、いつまでも彼の隣に立っていられるように、ニーナは不敵な笑みを作って手を握り返した。

INTERLUDE

幕間

Lies, fraud, and psychic ability school

壮絶な戦いを潜《くぐ》り抜《ぬ》けた翌日、ニーナ・スティングレイは極度の疲労で重くなった身体を引きずりながら教室へと続く廊下を歩いていた。

少し先をダラダラと歩くジンの姿を見つけたので、ちょっとした悪戯心《いたずらごころ》が芽生えてしまう。

周囲に誰もいないことを確認して、ニーナは後ろからいきなり話しかけてみた。

「おはよっ、ジン！」

「……ああ、ニーナか。おはよう」

「えー、全然びっくりしてないじゃん……」

慌てふためいた表情が拝めると期待していたのに、ジンはいつもの低血圧な態度のまま。足音で接近を気取られていたのだろうか。次やるときは、もっと上手《うま》くやらないと……。

平常心を乱されることなど何もなかったかのように、ジンが問い掛けてくる。

「あ、そういえばニーナ。あのとき何か言いかけてなかった？」

「え？　いつの話？」

「ほら、エマに捕まって椅子に縛り付けられてたとき。ずっと気になってたんだよな」

「……あっ」

上気しそうになる頬を表情筋で強引に制御しつつ、ニーナは自分の発言を懸命に思い出す。

あのとき、絶体絶命の状況だと思い込んでいた自分は何を言った？

『……ジンはどうしたの？』

『ジンはどこに行ったの⁉　なんでエマがこの部屋のことを⁉』

『ねえ、教えてよ……。ジンは私の共犯者で、あの人がいないと私は全然駄目で、あの人は私にとって、初めての、初めてのっ……』

――初めての、何っ⁉

自分は何を言おうとした？　ジンがすぐ近くに隠れていることも知らずに、臆面もなく、どんな恥ずかしいことを言おうとしたの⁉

今はもう何を言ってもボロが出そうで、ニーナはもはや最終手段に出るしかなくなってしまった。

「…………幻聴じゃない？」

「え？」

「そ、そんなの幻聴に決まってるから！」

「ちょっ、ニーナ？」

なぜだか、これ以上ジンの顔を見ていられそうにない。

ニーナは身体の疲れも忘れて歩く速度を上げた。火照《ほて》る顔を見られないように俯《うつむ》きながら、呆然《ぼうぜん》と立ち尽くす共犯者を追い越していく。

何とかして教室に辿《たど》り着《つ》き、いつものようにエマの隣を目指す。

「あれ、どうしたのニーナちゃん。熱でもあるの？」

「な、何でもないから！」

共和国の諜報員《ちょうほういん》である彼女の記憶は、目の前の少女には引き継がれていないという。だから、ニーナが迂闊《うかつ》な発言をしかけたことも知らない。今はそれが何よりの救いだった。

「ち、ちょっと今日は暑いから。本当にそれだけだから」

「あれ、ニーナちゃん。やっと敬語取れたんだね」

「……あっ！」

自分の迂闊《うかつ》さを恥じるニーナに、しかしエマは穏やかな笑みを向けていた。その表情には追及や困惑の色はなくて、ただただ温かい色彩だけが瞳の奥に詰まっている。

「絶対に今の方がいいよ！　なんか、また一歩ニーナちゃんに近づけた気がする」

「そ、そうかな……？」

「うん。これからもそれで行こうよ！」

何だか、拍子抜けする気分だった。

演技で必死に武装していなくても、彼女は自分を受け入れてくれるのだ。これからはもっと、せめてエマと一緒にいるときくらい、正直な自分でありたいと思った。

詐欺師にだって、嘘《うそ》を吐《つ》かなくてもいい瞬間は必要なのだ。

ニーナが安堵《あんど》の溜《た》め息《いき》を吐《つ》いた瞬間、教室の喧騒《けんそう》が不意に止んだ。

少し前方で階段を上がっているジンの表情も、明らかに硬直している。

生徒たち全員の視線が、いつの間にか黒板の前にやってきた男に注がれている。

「初めまして、みなさん。ああ、そんなに畏《かしこ》まって聞かなくてもいいよ」

細身の長身を、特注品と思《おぼ》しきタイトな軍服で包んでいる。立ち振る舞いや表情の隅々から品性を感じさせる、眉目秀麗《びもくしゅうれい》な青年。緩やかなパーマがかかった白金色の髪の隙間から、未踏の深海のような藍色を湛《たた》えた瞳が覗《のぞ》いていた。

どうして。

どうして、あなたがここに？

ニーナの疑問に呼応するように、男が形のいい唇を開いた。

「今日からこのクラスの担任になった、ハイネ・スティングレイです。どうぞよろしく。ああそういえば、妹のニーナがいつもお世話になっているみたいだね」

あの残酷な兄が、〈白の騎士団〉にも所属する正真正銘の怪物が、明らかに偽物《にせもの》とわかる笑みを纏《まと》って言い放つ。

「……久しぶりに、楽しい学園生活が送れそうだよ」

あとがき

信用詐欺《コン・ゲーム》をテーマにした映画などによく登場する、定番のアイテムをご存じですか？それが画面に登場するだけで観客全員のテンションは爆上がり。そのシーンだけを何回巻き戻して見ても全く退屈しません。なんなら静止画でもいいのでずっと眺めていたい。そのくらい最高にイカした最強のアイテムのことです。

まあ、聡明《そうめい》な読者諸氏ならもうお分かりのことでしょう。

はいその通り、全員正解です。

最強のアイテムとは、「模造紙」のことですね。

薄暗くて埃《ほこり》臭い部屋に悪党どもが集まり、壁に貼り付けた模造紙を睨《にら》みながら作戦会議に興じるお決まりの展開……。これに心が躍らない人間など世界に存在するのでしょうか？

ターゲットの写真や地図、その他様々な情報をまとめた付箋などを無秩序に貼ったり、矢印や図形なんかを余白に細かく書き込んでみてください。……ほらね。そんなもん格好いいに決まってるじゃないですか。

ハッキリ言って、模造紙を使った作戦会議シーンを描くことができた時点で、本作の勝利は確定しているようなものです。三〇〇ページ以上にわたって繰り広げられた騙《だま》し合いやトリックの数々も、全ては模造紙を作中に登場させることを前提にして考え出されたものに過ぎません。そのくらい、コンゲーム物にとって模造紙とは至高の存在なのです。一巻で模造紙を登場させなかったのは、この特大のカタルシスを演出するための布石だったと言っても過言ではないでしょう。余談ですが私はいま、全ライトノベルのあとがきで最も「模造紙」という単語を登場させた作者の座をほしいままにしています。これは大変名誉なことです。

もちろん三巻にも模造紙は登場します。いったいどんな活躍を見せてくれるのか、それは神のみぞ知ると言ったところでしょうか。……お後がよろしいようで。

（編集部注：二巻が刊行された現在、作者は正気に戻っています）

最後になりますが、本作の刊行に携わっていただいた全ての方と、本作を手に取っていただいた皆様に格別の感謝を申し上げます。次は三巻でお会いしましょう。

あ、ジンとニーナ、そして今回新たに共犯者に加わった彼女の活躍もお楽しみに。

それではまた！

野宮　有

◉野宮 有著作リスト

「マッド・バレット・アンダーグラウンド」（電撃文庫）
「マッド・バレット・アンダーグラウンドⅡ」（同）
「マッド・バレット・アンダーグラウンドⅢ」（同）
「マッド・バレット・アンダーグラウンドⅣ」（同）
「嘘と詐欺と異能学園」（同）
「嘘と詐欺と異能学園2」（同）

本書に対するご意見、ご感想をお寄せください。

ファンレターあて先
〒 102-8177　東京都千代田区富士見 2-13-3
電撃文庫編集部
「野宮　有先生」係
「kakao 先生」係

本書は書き下ろしです。

電撃文庫

嘘《うそ》と詐欺《ペテン》と異能学園《いのうがくえん》2

野宮《のみや》 有《ゆう》

2021年12月10日　初版発行

発行者　青柳昌行
発行　株式会社KADOKAWA
〒102-8177　東京都千代田区富士見2-13-3
0570-002-301（ナビダイヤル）
装丁者　荻窪裕司（META＋MANIERA）
印刷　株式会社暁印刷
製本　株式会社暁印刷

●お問い合わせ
https://www.kadokawa.co.jp/（「お問い合わせ」へお進みください）
※内容によっては、お答えできない場合があります。
※サポートは日本国内のみとさせていただきます。
※ Japanese text only

※定価はカバーに表示してあります。

ISBN978-4-04-914146-7　C0193　Printed in Japan

電撃文庫　https://dengekibunko.jp/

電撃文庫創刊に際して

文庫は、我が国にとどまらず、世界の書籍の流れのなかで〝小さな巨人〟としての地位を築いてきた。古今東西の名著を、廉価で手に入りやすい形で提供してきたからこそ、人は文庫を自分の師として、また青春の想い出として、語りついできたのである。

その源を、文化的にはドイツのレクラム文庫に求めるにせよ、規模の上でイギリスのペンギンブックスに求めるにせよ、いま文庫は知識人の層の多様化に従って、ますますその意義を大きくしていると言ってよい。

文庫出版の意味するものは、激動の現代のみならず将来にわたって、大きくなることはあっても、小さくなることはないだろう。

「電撃文庫」は、そのように多様化した対象に応え、歴史に耐えうる作品を収録するのはもちろん、新しい世紀を迎えるにあたって、既成の枠をこえる新鮮で強烈なアイ・オープナーたりたい。

その特異さ故に、この存在は、かつて文庫がはじめて出版世界に登場したときと、同じ戸惑いを読書人に与えるかもしれない。

しかし、〈Changing Times,Changing Publishing〉時代は変わって、出版も変わる。時を重ねるなかで、精神の糧として、心の一隅を占めるものとして、次なる文化の担い手の若者たちに確かな評価を得られると信じて、ここに「電撃文庫」を出版する。

1993年6月10日
角川歴彦

電撃文庫DIGEST　12月の新刊

発売日2021年12月10日

創約　とある魔術の禁書目録《インデックス》⑤

【著】鎌池和馬　【イラスト】はいむらきよたか

冬休み。上条当麻が目を覚ますと、何故か同じ毛布の中には金髪少女が!?　ええーっと、アリスー？　迷子とか言わないよね。今、学園都市の闇が動いてるみたいだけど、パートナーは本当にこの子で大丈夫なのか!?

新説 狼と香辛料　狼と羊皮紙Ⅶ

【著】支倉凍砂　【イラスト】文倉 十

聖書の俗語翻訳版を世に広めるため、教会が禁じた印刷術の技師を探すコルとミューリ。だが、教会から追われる身の技師は協力する代わりに胸躍らせる物語を要求してきて!?

男女の友情は成立する？（いや、しないっ!!）　Flag 4. でも、わたしたち親友だよね？〈上〉

【著】七菜なな　【イラスト】Parum

ついに進展した悠宇と日葵の仲。夏祭りデートを彩る打ち上げ花火に、兄姉総出の海遊び。ちょっとだけ変わった二人の日常を、穏やかな時間が流れていく。激動の夏休みも無事終わるかに思われた、そんなある日——。

声優ラジオのウラオモテ　#06 夕陽とやすみは大きくなりたい？

【著】二月 公　【イラスト】さばみぞれ

アイドル声優プロジェクト『ティアラ☆スターズ』が始動！　企画の幕開けは、二組に分かれての対抗ライブ。先輩も参加する中、リーダーは何と夕陽とやすみ!?　問題児揃いの後輩を前に、二人はちゃんと先輩できる？

虚ろなるレガリア2　龍と蒼く深い海の間で

【著】三雲岳斗　【イラスト】深遊

民間軍事会社が支配する街、横浜要塞を訪れたヤヒロと彩葉。そこで彼らが出会ったのは、新たな龍の巫女と不死者たち。それぞれの復讐の正しさをかけて、龍の巫女の加護を受けた不死者同士の戦いが始まる。

嘘と詐欺《ペテン》と異能学園2

【著】野宮 有　【イラスト】kakao

ベネットとの決闘から数日後、ニーナに二人の天才能力者がそれぞれ別に同盟を持ち掛けてくる。ジンとニーナは同時に同盟を組み、情報を引き出す計画を始動。嘘がバレたら即終了となる、究極の知略ゲームが始まる。

キミの青春、私のキスはいらないの？2

【著】うさぎやすぽん　【イラスト】あまな

日野とのこと、キスのこと。悶々と悩む日々、文化祭が迫るなか突然、軽音部の阿部と「一緒に日野を文化祭のステージに引っ張り出そう」なんて話になって……拗らせ者たちは想いを歌詞に託し——今叫び声を上げる！

無自覚チートの箱入りお嬢様、青春ラブコメで全力の忖度をされる②

【著】紺野天龍　【イラスト】塩かずのこ

当面の危機は去り、これからも全力で青春を楽しもうとする琥太郎と天津風。天津風は初めてのクラス旅行に張り切るが、そこには新たなトラブルの種＝世界崩壊の危機が待ち構えていた。今度は加賀美が消滅のピンチ？

インフルエンス・インシデント　Case:03 粛清者・茜谷深紅の場合

【著】駿馬 京　【イラスト】竹花ノート

夏から立て続けに発生したSNSトラブルを解決する中で、ひまりたちはトラブルの発端・RootSpeakの発案者、茜谷深紅と遭遇する。そこにはひまりの友人であった早蕨冬美の姿もあり——急展開の第３巻。

新作　魔法少女ダービー

【著】土橋真二郎　【イラスト】加川壱互

俺の娘は魔法少女らしい。ある日、未来からやってきた娘たちは、自分の生まれる未来のため、俺とそれぞれのママを付き合わせようとしてきて……？　頼むから部屋で喧嘩しないでくれよ、魔法で壊れるから！

新作　恋は夜空をわたって

【著】岬 鷺宮　【イラスト】しゅがお

小柄なのに大人びた、お洒落な美人。つれない態度のクールな後輩、御簾納咲。だがある日、聞いていたラジオから御簾納の声が。あいつが恋バナ配信？　……ってか話に出てくる“好きな先輩”が明らかに俺なんだけど!?

新作　可愛い可愛い彼女《わたし》がいるから、お姉ちゃんは諦めましょう？

【著】上月 司　【イラスト】ろうか

大好きな先輩への愛の告白。だけど相手は、彼女の“妹”だった。誤爆に気づいたが時すでに遅し、腕に抱きついてきた先輩の妹は「お姉ちゃん、わたしこの人とお付き合いすることになりました！」と言い出して——!?

自作小説のキャラが現実世界に？
作者の知識で理想のヒロインを守り抜け！
Story
学園一のトラブルシューター、笹貫文士の前に現れた謎の少女・いろは。彼女は文士がWebで連載している異能ファンタジー小説のヒロインと瓜二つだった。さらに、いろはを追って、同じく作中の敵キャラたちも出現し――？
Kohji Natsumi
夏海公司
絵 Enji
僕らのセカイはフィクションで
電撃文庫